World of Warcraft

WORLD OF WARCRAFT

CRÔNICA: VOLUME I

Escrito por
CHRIS METZEN, MATT BURNS
e ROBERT BROOKS

Ilustrações coloridas de
PETER C. LEE

Arte adicional de
JOSEPH LACROIX

Traduzido por
ALEXANDRE MARTINS

Este livro foi revisado segundo o Novo Acordo Ortográfico da Língua Portuguesa.

Título original: *The World of Warcraft - Chronicle*

Equipe Blizzard Entertainment
Histórias adicionais: Alex Afrasiabi, Christie Golden, Richard A. Knaak, Dave Kosak, Micky Neilson, Bill Roper, James Waugh
Direção criativa e design: Doug Alexander, Logan Lubera
Ilustrações: Peter C. Lee
Mapas, gráficos cosmológicos e contornos: Joseph Lacroix

Curadoria: Affonso Solano
Preparação: Beatriz Sarlo e Mariana Oliveira
Revisão: Victor Almeida
Diagramação: Filigrana
Adaptação de capa: Victor Mayrinck

Agradecimentos à equipe do game *World of Warcraft*: Xiaohu Alcocer, Dana Bishop, Tina Fu, Brissia Jimenez, Emily Mei, Frank Mummert, Tommy Newcomer e Max Ximenez.

Dados Internacionais de Catalogação na Publicação (CIP)
Angélica Ilacqua CRB-8/7057

Metzen, Chris
The world of Warcraft / Chris Metzen, Matt Burns e Robert Brooks ; ilustrações de Peter C. Lee ; arte adicional de Joseph Lacroix ; tradução de Alexandre Martins . -- São Paulo : LeYa, 2016.
176 p. : il., color.

ISBN: 978-85-441-0391-3
Título original: The world of Warcraft - chronicle, volume 1

1. Jogos de fantasia 2. Fantasia na arte I. Título II. Burns, Matt III. Brooks, Robert IV. Lee, Peter C. V. Lacroix, Joseph VI. Martins, Alexandre

16-0283 CDD793.932

Todos os direitos reservados à
LEYA EDITORA LTDA.
Av. Angélica, 2318 – 13º andar
01228-200 – Consolação – São Paulo – SP
www.leya.com.br

SUMÁRIO

PREFÁCIO

Tem sido impressionante ver o universo de Warcraft crescer e ganhar forma ao longo dos últimos vinte anos. O que começou como um jogo relativamente simples se tornou um duradouro mundo vibrante, que é visitado diariamente por milhões de jogadores de todas as partes do mundo.

O mundo de Azeroth tem sido moldado por centenas de artesãos, designers, artistas e escritores desde sua criação. É fruto de muitas mãos talentosas e vozes apaixonadas, todas querendo criar um mundo tão rico em detalhes, elementos e caracterizações que... *Bem*... Você iria querer vestir sua armadura e fazer de tudo para defendê-lo.

No cerne de tudo isso está uma verdadeira noção de... *história*. A história de Warcraft é uma vasta colcha de retalhos entrelaçada de mitos, lendas e acontecimentos arrebatadores que dão contexto aos esforços heroicos dos jogadores naquele mundo em constante expansão que partilham.

Vinte anos contando histórias. Dezenas de milhares de momentos, personagens, raças e monstros, todos formando uma densa camada de conceitos e ideias ao longo do tempo. Este livro, esta *crônica*, tem o objetivo de reunir tudo isso e reforçar a narrativa abrangente que está no cerne de Warcraft. Escrever isto foi uma oportunidade de unir as pontas esgarçadas da história e de aparar as arestas desta narrativa ficcional.

No final, esta grandiosa (e supernerd) realização editorial nos dá uma impressionante perspectiva dos temas e conflitos recorrentes de Warcraft:

Como as sociedades muitas vezes entram em choque antes de identificarem uma humanidade em comum...

Como heróis determinados e bem-intencionados com frequência podem sucumbir às tentações do poder...

Como não assumir a responsabilidade pelos erros do passado pode levar a calamidades no presente...

Esses são apenas alguns dos temas que formam a trama da grande história de Azeroth, expressa em culturas, facções e indivíduos variados ao longo de períodos de tempo míticos. *Ciclos dentro de ciclos...*

É a partir desta perspectiva de cima para baixo que podemos ver mais claramente os horizontes perigosos, porém gloriosos, à frente. E mesmo diante de toda essa... *história*... estou bastante certo de que a aventura está apenas começando!

Chris Metzen
Vice-presidente sênior de Desenvolvimento de História e Franquia
Blizzard Entertainment
Agosto de 2015

Prólogo

Conheci o mundo de Azeroth no ano 2000. A Blizzard Entertainment estava procurando um escritor para transformar em romance a trama de seu *Warcraft Adventures: Lord of the Clans*. Eu tinha seis semanas para escrever um livro ambientado em um mundo que desconhecia totalmente. Graças ao apoio e ao entusiasmo inabaláveis de Chris Metzen (que sempre estava disponível para responder a perguntas urgentes como "Qual é a cor do sangue de um orc?"), aquelas seis semanas foram o início de uma relação profissional que continua a ser de constante prazer, aventura, pura diversão e magia.

Eu fiquei tão apaixonado por Azeroth depois de escrever *Lord of the Clans* que aprendi a jogar meu primeiro videogame, *World of Warcraft*, para poder passar mais tempo lá. E, em breve, iremos visitar Azeroth em um meio totalmente novo: o reino dos filmes.

Nesse meio-tempo, eu, como todos os outros leitores deste livro, pretendo me sentar e me acomodar com esta história completa e bela de um mundo ricamente imaginado que ainda consegue me atrair, embora tenha jogado WoW quase desde seu lançamento e escrito oito romances, todos ambientados dentro das fronteiras de Azeroth. (Tá, quase todos... Eu fui a Draenor em um deles.) Sempre há algo a aprender, um novo personagem a conhecer e uma nova história a contar. É como pôr a conversa em dia com um velho amigo.

Que vocês sintam o mesmo.

"Por Azeroth!"

Christie Golden

Quando fui convidado a escrever histórias para Warcraft, o jogo já era uma espécie de fenômeno, mas acho que nem mesmo aqueles no alto da hierarquia da Blizzard esperavam a sensação mundial que iriam criar apenas dois anos depois.

Tive a sorte de estar lá desde a ascensão de *Dragonlance – The Legend of Huma* foi o primeiro romance não escrito por Margaret Weis e Tracy Hickman – e fiquei maravilhado com as legiões de fãs no Gen Com e noites de autógrafos. Também tive minha própria série, *The Dragonrealm,* com sua parcela de seguidores dedicados. Mas nada comparado com o que vivi quando meu romance *Warcraft: Day of the Dragon* foi lançado em 2001. A reação foi tão automática quanto gigantesca. O reconhecimento dos leitores veio de todos os cantos do planeta, um sinal de quão dedicada a base de fãs de Warcraft já tinha se tornado.

Mais de dez anos se passaram, e vi essa dedicação aumentar. Azeroth é um mundo tão rico e real que não surpreende que milhões não apenas tenham gostado dele, mas continuado a voltar. Tem sido um prazer ser parte desse fenômeno e ver minhas histórias – e meus personagens – sendo acrescentados à trama já bem completa de Azeroth, uma história que continua a crescer.

Uma história que, em pouco tempo, irá precisar de um segundo volume...

Richard A. Knaak

NA PÁGINA AO LADO:: AS FORÇAS CÓSMICAS, OS REINOS E OS HABITANTES DO UNIVERSO

LUZ
MAGIA SAGRADA
NAARUS
VIDA
DESORDEM
MAGIA NATURAL
MAGIA VIL
DEUSES SELVAGENS
ESPÍRITO
FOGO
LEGIÃO ARDENTE
SONHO ESMERALDA
ÁGUA
REALIDADE
AR
TERRAS DAS SOMBRAS
OS TITÃS
TERRA
DECADÊNCIA
MORTOS-VIVOS
MAGIA ARCANA
MAGIA NECROMANTE
DEUSES ANTIGOS
ORDEM
MORTE
SENHORES DO CAOS
MAGIA DAS SOMBRAS
SOMBRA

INTRODUÇÃO: COSMOLOGIA

Azeroth não passa de um pequeno mundo em um universo vasto, um reino cheio de magia poderosa e seres grandiosos. Desde o alvorecer dos tempos, essas forças influenciaram Azeroth e o cosmo que o cerca, colocando as estrelas em movimento e definindo o destino de inúmeros mundos e civilizações mortais...

As Forças Cósmicas

Luz e Sombra

Luz e Sombra são as forças fundamentais. Embora opostas por sua própria natureza, elas são unidas em escala cósmica. Uma não pode existir sem a outra. Luz e Sombra puras existem em um âmbito além das fronteiras da realidade, mas sinais de sua presença são encontrados no universo físico. A Luz se manifesta como magia sagrada, enquanto a Sombra (também chamada de "o Caos") aparece como magia das sombras.

Vida e Morte

As forças de Vida e Morte têm o controle sobre tudo que está vivo no universo físico. As energias da Vida, normalmente conhecidas como magia natural, promovem o crescimento e a renovação de todas as coisas. A Morte, na forma de magia necromante, atua contrabalançando a Vida. É uma força inevitável que gera desespero nos corações mortais e leva tudo na direção de um estado de decadência entrópica e, finalmente, ao desaparecimento.

Ordem e Desordem

As forças de Ordem e Desordem governam os sistemas cósmicos do universo físico. A Ordem é mais comumente percebida na realidade como magia arcana. Esse tipo de energia é por natureza volátil e seu uso demanda intensa precisão e concentração. Por outro lado, a Desordem se manifesta como magia vil altamente destrutiva. Essa energia brutal e altamente viciante se alimenta retirando a vida dos seres vivos.

Os Elementos

Fogo, ar, terra e água servem como os elementos formadores básicos de toda matéria no universo físico. Culturas xamanistas há muito buscaram conviver em harmonia ou assegurar o domínio dos elementos. Para conseguir isso elas invocam as forças primordiais de Espírito e Decadência. Aquelas que buscam equilibrar os elementos se valem do Espírito (também chamado de "o Quinto Elemento", pelos xamãs, e de "Chi" pelos monges). Essa força vital interliga todas as coisas que existem, tornando-as unas. A Decadência é a ferramenta do xamã que busca subjugar e usar como arma os próprios elementos.

Dualidade dos Elementos

Muitas culturas xamanistas descobriram que os elementos podem influenciar uma série de estados emocionais. Por essa razão, muitas vezes os mortais associam os elementos a diferentes sentimentos, tanto positivos quanto negativos.

FOGO
Característica positiva:
Paixão
Característica negativa:
Fúria

TERRA
Característica positiva:
Estabilidade
Característica negativa:
Teimosia

ESPÍRITO
Característica positiva:
Bravura
Característica negativa:
Ingenuidade

AR
Característica positiva:
Astúcia
Característica negativa:
Loucura

ÁGUA
Característica positiva:
Tranquilidade
Característica negativa:
Indecisão

DECADÊNCIA
Característica positiva:
Eficiência
Característica negativa:
Crueldade

Reinos da Existência

A Grande Treva Infinita

A Grande Treva Infinita representa o universo físico. É um reino vivo infinito composto de inumeráveis estrelas, mundos e civilizações mortais. Azeroth, o mundo de Warcraft, é apenas um dos inúmeros mundos vagando pela vastidão da Grande Treva Infinita.

A Espiral Etérea

A Espiral Etérea é uma dimensão astral paralela à Grande Treva Infinita. As forças da Luz e do Caos sangram juntas nos limites dessa dimensão, lançando este reino em perpétua desarmonia. Em certos momentos, a magia volátil que permeia a Espiral Etérea penetra no universo físico, torcendo a realidade em grande extensão.

O Sonho Esmeralda

O Sonho Esmeralda é um reino etéreo de espíritos e natureza selvagem que existe paralelamente a Azeroth. Seres incríveis conhecidos como guardiões criaram o Sonho Esmeralda para servir de mapa para o caminho evolucionário da flora e da fauna de Azeroth. Os dois reinos são como um: à medida que a vida no mundo físico segue em idas e vindas, as energias espirituais que impregnam o Sonho Esmeralda acompanham esse ritmo.

Embora ligado ao mundo físico, o Sonho Esmeralda é um lugar que a maioria das mentes mortais acharia estranho e surreal. Mas algumas dessas mentes, se valendo da magia druídica, podem atingir um estado onírico e percorrer conscientemente o Sonho Esmeralda. Seus pensamentos também podem definir e influenciar parcelas desse verdejante reino espiritual, mas o rastro que esses sonhadores deixam para trás nunca é permanente.

Nas trilhas do sonho, o tempo e a distância são mutáveis. Espíritos fluem como ventos vivos por entre trechos de floresta virgem em constante mutação. O que parece tangível em um momento se torna intangível no seguinte, paisagens aparentemente impermeáveis se transformam em um piscar de olhos.

As Terras das Sombras

Assim como o Sonho Esmeralda, as Terras das Sombras estão tangencialmente ligadas ao mundo de Azeroth. Mas enquanto o Sonho Esmeralda representa a vida, as Terras das Sombras representam a morte. São reinos de pesadelo e decadência, planos espirituais labirínticos fervilhando com as almas dos que deixaram o mundo dos vivos.

A origem das Terras das Sombras permanece incerta, mas elas existem desde o surgimento da primeira vida mortal no universo físico. Muitos acreditam que as almas mortais são atraídas para esse lugar escuro no instante da morte, e lá permanecem para sempre. Enquanto outros cultivam esperança de que suas almas sigam para um lugar mais iluminado, em vez de penar por toda a eternidade no interior frio das Terras das Sombras.

Habitantes do Cosmos

Senhores do Caos

São entidades monstruosas compostas de pura energia sombria. Esses seres são cruéis e impiedosos de um modo além da compreensão mortal. Movidos por uma fome insaciável, os senhores do caos buscam devorar toda matéria e toda energia do universo físico.

Em seu estado natural, existem fora da realidade. Somente a mais poderosa dessas entidades é capaz de se manifestar no universo físico, e apenas por determinado período. Para se manterem presentes na realidade, os senhores do caos devem consumir imensas quantidades de matéria e energia.

Naarus

Os naarus são criaturas benevolentes de energia sagrada viva. São talvez a expressão mais pura da Luz que existe na Grande Treva Infinita. Os naarus juraram levar a paz e a esperança a todas as civilizações mortais e atacar as forças da escuridão do Caos que buscam engolir a criação.

Titãs

Os titãs são colossais seres divinos feitos da matéria primordial da qual nasceu o universo. Eles percorrem o cosmos como mundos itinerantes, imbuídos do poder puro da própria criação. Os titãs usam essa força incrível para encontrar e despertar outros de seu tipo – outros que ainda repousam nos lugares mais remotos da Grande Treva Infinita.

A Legião Ardente

A Legião Ardente é a força mais destrutiva na Grande Treva Infinita. O titã caído Sargeras criou este enorme exército demoníaco para varrer toda a criação. A Legião Ardente segue de mundo em mundo, dizimando tudo em seu caminho com uma devastadora magia vil. Ninguém sabe exatamente quantos mundos e civilizações mortais os demônios aniquilaram em sua ímpia Cruzada Ardente.

Os demônios que integram as fileiras da Legião Ardente são altamente resistentes. Seus espíritos estão atados à Espiral Etérea, o que os torna praticamente impossíveis de ser destruídos de forma definitiva. Mesmo que um demônio more no universo físico, seu espírito irá retornar à Espiral Etérea e voltar a se manifestar em forma corpórea. Para destruir o espírito de um demônio definitivamente, a criatura precisa ser morta na própria Espiral Etérea, em lugares onde aquele redemoinho volátil sangra em mundos mortais, ou em áreas inundadas pelas energias da Legião Ardente.

Deuses Antigos

Os Deuses Antigos são manifestações físicas do Caos. São pesadelos encarnados: montanhas de carne putrefeita e tentáculos retorcidos que crescem como câncer nos mundos da Grande Treva. Essas entidades malignas servem aos Senhores do Caos, e existem apenas para transformar os mundos que infestam em locais de desespero e morte.

Deuses Selvagens

Os Deuses Selvagens são manifestações primitivas de vida e natureza. São criaturas de dois reinos. Habitam o mundo físico de Azeroth, mas seus espíritos estão unidos ao Sonho Esmeralda etéreo. Muitos Deuses Selvagens surgem na forma de animais gigantescos, como lobos, ursos, tigres ou aves.

Espíritos Elementais

Os Espíritos Elementais são seres primitivos e caóticos de Fogo, Terra, Ar ou Água. Estiveram entre as primeiras criaturas conscientes a habitar os mundos nascentes do universo que despertava. Os espíritos elementais surgem em uma variedade quase infinita de formas e tamanhos. Cada uma dessas criaturas tem personalidade e temperamento distintos, características que são bastante influenciadas pela natureza elemental do espírito.

A presença do quinto elemento – Espírito – também afeta a distribuição desses seres elementais. Um mundo com um excesso de Espírito pode gerar elementais nativos passivos, desprovidos de características físicas. Por outro lado, um mundo com Espírito escasso pode gerar elementais altamente agressivos e com uma capacidade destrutiva inacreditável.

Mortos-Vivos

Os mortos-vivos são mortais que ficaram presos entre a vida e a morte após falecerem. Esses seres trágicos extraem poder das energias necromânticas que permeiam o universo. Por vingança ou ódio, maioria dos mortos-vivos é motivada a destruir a única coisa que nunca poderão recuperar: a vida.

O PANTEÃO

CAPÍTULO I

MITOS

CAPÍTULO I
MITOS

ORIGENS

Antes de a vida começar, antes mesmo que o cosmos ganhasse forma, havia Luz... e o Caos. Livre do confinamento de tempo e espaço, a Luz ocupava toda a existência na forma de um mar prismático ilimitado. Grandes correntes de energia viva fluíam por suas profundezas espelhadas, enquanto seus movimentos conjuravam uma sinfonia de êxtase e esperança.

O oceano de Luz era dinâmico e estava em constante transformação. Mas à medida que se expandia, parte de sua energia murchou e escureceu, deixando para trás bolsões de inexistência fria. Da ausência de Luz nesses espaços, um novo poder se consolidou e passou a existir.

Esse poder foi o Caos, uma força escura e vampiresca feita para devorar toda energia e se alimentar da criação. O Caos cresceu rapidamente e ampliou sua influência, indo no sentido oposto das ondas fluidas de Luz. A crescente tensão entre essas duas energias opostas, mas inseparáveis, terminou por deflagrar uma série de explosões catastróficas, rasgando o tecido da criação e fazendo surgir um novo reino.

Naquele momento nasceu o universo físico.

As energias liberadas pelo choque entre Luz e Caos assolaram o nascente cosmos, matéria-prima se fundindo e girando, criando incontáveis mundos primordiais. Durante longas eras, esse universo em constante expansão – a Grande Treva Infinita – ferveu em um redemoinho de fogo e magia.

As energias mais instáveis se uniram em uma dimensão astral conhecida como a Espiral Etérea. Luz e Caos colidiram e derramaram-se nos limites desse reino, lançando-o em desordem. Embora tangencialmente ligada à Grande Treva Infinita, a Espiral Etérea existia fora dos limites do universo físico. Ainda assim, as energias voláteis dessa dimensão vez por outra rasgavam o véu da Grande Treva, passando para a realidade e distorcendo a criação.

O nascimento cataclísmico do cosmos também lançou fragmentos de Luz por toda a realidade. Esses fragmentos banharam a matéria de uma miríade de mundos com a centelha da vida, dando origem a criaturas de uma variedade gigantesca e fascinante.

As formas de vida mais comuns foram os espíritos elementais – seres primitivos de fogo, água, terra e ar. Essas criaturas eram nativas de quase todos os mundos físicos. Muitas delas se regozijavam no caos que dominou as primeiras eras da criação.

Eventualmente, lâminas de Luz fraturada se juntavam e davam forma a seres muito mais poderosos. Entre estes estavam os Naarus, criaturas benévolas compostas de energias sagradas cintilantes. Quando eles olharam para o universo incomensurável, viram um reino de ilimitadas possibilidades. Os naarus juraram usar seu domínio da magia sagrada para disseminar esperança e alimentar a vida onde quer que a encontrassem.

Ainda mais extraordinários que os naarus eram os colossais titãs. Seus espíritos – conhecidos como almas-mundo – se formaram nas profundezas do núcleo ardente de um pequeno número de planetas. Durante eras esses titãs nascentes hibernaram, alimentando com suas energias os corpos celestiais onde habitavam.

Quando os titãs finalmente despertaram, foi como se fossem mundos vivos. Ventos cósmicos uivaram por sobre suas formas gigantescas, corpos envolvidos em um manto de poeira de estrelas, pele entrecruzada por picos montanhosos prateados e oceanos cintilando com magia latente.

Com olhos que reluziam como estrelas brilhantes, eles observaram o cosmos incipiente e ficaram cativados por seus mistérios. Enquanto os naarus assumiram a posição de proteger a vida, os titãs embarcaram em uma jornada diferente. Vagaram pelos lugares mais distantes da Grande Treva buscando outros do seu tipo.

Essa grandiosa jornada iria um dia alterar o rumo da criação e definir o destino de todas as coisas vivas.

Os Titãs e a Ordenação do Universo

Ninguém sabe quando e por que o primeiro titã despertou, mas segundo as lendas seu nome era Aman'Thul.

Embora Aman'Thul estivesse sozinho, algo lhe dizia que devia haver outros semelhantes a ele. Assim, ele explorou os mundos da Grande Treva Infinita, com o objetivo de encontrar mais titãs. A busca foi árdua e solitária, mas, no final, gratificante, pois Aman'Thul descobriu outras almas-mundo nascentes. Ele acalentou os parentes recém-descobertos e os despertou da hibernação, incitando-os à mesma nobre busca.

Aman'Thul e seus irmãos depois ficaram conhecidos como o Panteão. Eles eram por natureza benevolentes, criaturas em sintonia com a ordem e a estabilidade. O Panteão tinha uma afinidade natural com a magia latente do universo. Plenamente conscientes de seu poder extraordinário, eles se aferraram a um código de moderação para com as civilizações que encontraram, mesmo aquelas dos indisciplinados espíritos elementais.

Os titãs do Panteão se deram conta de que a ordem era crucial para descobrir outros do seu tipo, portanto em cada mundo que encontravam eles utilizavam técnicas para verificar se havia a presença de uma alma-mundo. Primeiro pacificavam as agitadas populações elementais do lugar. Depois modificavam o mundo, formando grandes montanhas, mares abismais e céus tomados por nuvens. Finalmente, os titãs semeavam uma miríade de formas de vida pelo mundo recém-organizado. Ao fazer isso, os titãs do Panteão esperavam invocar a alma-mundo e ajudá-la a amadurecer. Contudo, na maioria das vezes os lugares que visitaram se provaram inertes.

O Panteão jurou manter e proteger todos esses mundos, mesmo aqueles em que não havia nenhum espírito hibernado. Para fazer isso, deram às formas de vida primitivas o poder de sustentar a integridade de seus mundos organizados. O Panteão também instalou máquinas colossais na superfície dos mundos que havia moldado. Utilizando esses equipamentos, os titãs podiam monitorá-los – e eliminar deles a vida, caso seus caminhos evolucionários sucumbissem à desordem.

Para ajudar o Panteão, Aman'Thul invocou uma raça misteriosa conhecida como constellar. Esses seres celestiais observavam os muitos mundos organizados pelos titãs, em busca de qualquer sinal de instabilidade. Quando fosse necessário, eles poderiam iniciar um procedimento à prova de falhas para eliminar a vida de um mundo na esperança de reiniciar seu processo evolucionário.

Ao longo das eras o Panteão descobriu cada vez menos almas-mundo. Mas não desistiu. Ele sabia que a vastidão do universo ia além de qualquer medida, e mesmo após passar eras explorando as estrelas, não havia rearranjado mais que uma pequena parte da criação.

Sem que os titãs soubessem, forças malignas também estavam trabalhando arduamente nos lugares mais distantes da Grande Treva.

O Panteão

Aman'Thul – O Patrono do Panteão
Sargeras – Defensor do Panteão
Aggramar – Tenente do Grande Sargeras
Eonar – A Mãe da Vida
Khaz'goroth – Moldador e Forjador de Mundos
Norgannon – Guardião da Magia e do Conhecimento Celestiais
Golganneth – Senhor dos Céus e dos Oceanos Ferozes

Os Senhores do Caos e o Nascimento dos Deuses Antigos

A partir do momento em que o cosmos passou a existir, espíritos soturnos no Caos tentaram transformar a realidade em um reino de tormento eterno. Essas entidades eram os senhores do caos, e por muito tempo haviam observado o Panteão e sua jornada de mundo a mundo. Invejando seu poder, os senhores do caos buscaram corromper um dos titãs formadores de mundos, com a intenção de torná-lo um instrumento de seus desígnios.

Para conseguir esse objetivo, os senhores do caos trabalharam para se manifestar no universo físico. Ao fazerem isso, suas energias penetraram na realidade e corromperam alguns dos incautos residentes da criação, no entanto os nobres e virtuosos titãs se mostraram imunes a essa insidiosa corrupção. Os senhores do caos por fim decidiram exercer sua influência sobre um titã em seu momento mais vulnerável: antes de ter despertado.

Como não sabiam em quais mundos havia espíritos de titãs em hibernação, os senhores do caos somaram seus poderes e lançaram criaturas das trevas por todo o universo físico, esperando que alguma se deparasse com uma alma-mundo. Um número desconhecido de criações dos senhores do caos disparou por toda a Grande Treva, contaminando mundos mortais e tudo o mais que tocaram em sua busca cega por um titã nascente. Com o tempo, esses seres ímpios passariam a ser conhecidos como os Deuses Antigos.

Embora os titãs tivessem consciência de que as energias do Caos existiam no universo, não tinham conhecimento dos senhores do caos ou dos Deuses Antigos. A atenção do Panteão estava voltada para outra ameaça, mais imediata: os demônios. Essas criaturas ferozes tinham nascido da Espiral Etérea. Dominadas por ódio e maldade sem limites, elas ansiavam por nada menos que a destruição de toda a vida no universo.

A Ascensão dos Demônios

Assim como na Grande Treva Infinita, a vida também brotara na Espiral Etérea. As criaturas que emergiram dessa região turbulenta eram conhecidas como demônios. Haviam sido criadas quando as energias da Luz e do Caos sangraram juntas nas fronteiras da Espiral Etérea. Os demônios agarraram-se a suas paixões furiosas e divertiram-se ampliando os limites de seu poder, sem dar atenção às consequências. Muitas dessas aberrações consumiam a energia altamente volátil que tomava a Espiral Etérea. Algumas aprenderam a usar os poderes devoradores da magia vil. Em pouco tempo, esses demônios sedentos de sangue abriram caminho à força para o universo físico, aterrorizando civilizações mortais e levando à ruína um mundo depois do outro.

Os demônios existiam em muitas formas. Alguns, como os cães bicéfalos do caos, percorriam os desertos sem trilhas da Espiral Etérea como feras famintas. Outros, como os monstruosos abissais e infernais, eram amálgamas de matéria e energia vil irracionais, criados por demônios mais poderosos e inteligentes.

Entre esses demônios superiores estavam os nathrezim, também conhecidos como senhores do horror. Astutos e manipuladores, eles dedicavam a existência a dominar as artes da magia das sombras. Os nathrezim divertiam-se ao se infiltrarem em civilizações mortais, instaurando o caos e voltando nações umas contra as outras. À medida que essas sociedades entravam em decadência e desmoronavam de dentro para fora, os nathrezim corrompiam suas populações, transformando inocentes em novas e horrendas raças de demônios.

Os poderosos annihilan, ou senhores das profundezas, tinham uma tática mais direta na conquista de mundos. Esses açougueiros monstruosos só existiam para ser cruéis e torturar os mortais que cruzavam seu caminho. Os senhores das profundezas com frequência escravizavam os demônios inferiores que percorriam a Espiral Etérea, usando-os como massa de manobra para sitiar as civilizações mortais da Grande Treva Infinita.

O Panteão logo tomou conhecimento das incursões demoníacas que incendiavam as partes mais remotas da criação. Temendo que esses demônios atrapalhassem o esforço do Panteão para encontrar e despertar outras almas-mundo, os titãs enviaram seu guerreiro mais poderoso, o nobre Sargeras. Sem hesitar, o titã de grande coração partiu e jurou não descansar até ter livrado o universo de toda a influência demoníaca.

Sargeras e Aggramar

Mesmo entre os extraordinários integrantes do Panteão, Sargeras demonstrava coragem e força sem igual. Essas características lhe serviriam bem para a terrível tarefa de caçar demônios. Valendo-se de uma convicção inabalável, ele se lançou na Grande Treva.

Sargeras logo foi arrastado para mundos tomados por energias erráticas e voláteis. Nesses lugares, a influência da Espiral Etérea tinha penetrado no universo físico, permitindo a manifestação de um número enorme de demônios.

Durante eras Sargeras viajou para esses mundos, lutando para salvar seus habitantes mortais dos demônios invasores. Ele viu seus inimigos reduzirem civilizações inteiras a cascas fumegantes, transformando seus habitantes em aberrações odiosas e degeneradas. Testemunhar essa perturbadora perda e ruína deixou-o tomado por uma esmagadora sensação de desamparo. Antes de embarcar em sua missão ele nunca imaginara que um mal assim pudesse existir no universo.

Contudo, aqueles demônios indisciplinados eram desorganizados e incompetentes. Sargeras derrotou seus inimigos facilmente, conquistando vitória após vitória. À medida que suas batalhas se arrastavam, ele se deu conta de que alguns demônios haviam aprendido a manipular as energias do Caos. Ao investigar esses poderes sombrios e de onde eles vinham, Sargeras descobriu que inteligências malignas estavam disseminando a corrupção por todo o cosmos.

Essas inteligências eram os senhores do caos, muito mais poderosos do que os demônios. A presença dessas entidades deixou Sargeras profundamente perturbado. Ele refletiu sobre o que os poderes do Caos estavam planejando, e o que sua existência poderia significar para o universo.

Apesar dessa descoberta, Sargeras continuou a travar sua guerra aos demônios. O Panteão avançava sem dificuldades na busca por titãs nascentes, organizando novos mundos nesse processo. Sargeras com frequência observava esses mundos em seus primórdios. Ver a vida florescer livre da influência dos demônios lhe dava uma sensação de satisfação. O amor que nutria pela vida fortalecia sua disposição de confrontar os senhores do caos e frustrar seus planos sinistros para a criação – quaisquer que fossem esses planos.

Com o passar do tempo, os demônios duplicaram seus esforços, mergulhando cada vez mais mundos em morte e devastação. Para desalento de Sargeras, ele se deu conta de que tinha combatido muitos daqueles demônios antes. Depois de derrotados no universo físico, seus espíritos tinham simplesmente retornado à Espiral Etérea, para então renascerem em novos corpos.

A única forma de matar demônios de forma definitiva era abatê-los na Espiral Etérea ou em regiões da Grande Treva impregnadas das energias voláteis daquele lugar. Sargeras, contudo, ainda não tinha consciência desse fato. Sabia apenas que as táticas que estava empregando eram ineficientes. Aquilo não era suficiente para destruir seus inimigos. Ele precisava de um meio de contê-los.

Preocupado com esse desdobramento e com o contínuo aumento da atividade demoníaca, o Panteão enviou outro titã para ajudar seu guerreiro. O nome dele era Aggramar. Embora fosse inexperiente em batalha, provou ser um aluno perspicaz. Conquistou a admiração de Sargeras e se tornou o confiável tenente do titã guerreiro. Durante milênios eles lutaram lado a lado, formando um bastião impenetrável contra o avanço dos demônios devastadores.

Com Aggramar se saindo muito bem em batalha, Sargeras teve tempo de estudar atentamente as propriedades da Espiral Etérea e descobrir um modo de conter os demônios. Embora ainda não tivesse compreendido a plena escala daquela região volátil, ele aprendeu ao manipular e moldar um pouco de suas energias. Sargeras usou esse conhecimento para construir uma prisão na Espiral. Conhecida como Mardum, o Plano do Exílio, ela serviria como uma dimensão reduzida fortificada da qual nada poderia escapar. Os demônios já não renasceriam depois da derrota. Passariam a ser confinados nessa prisão, onde permaneceriam esquecidos por toda a eternidade.

Aggramar e Sargeras seguiram em frente com sua campanha, abarrotando a prisão de demônios e suas destrutivas energias vis. Logo essas energias se tornaram tão poderosas que começaram a rasgar o véu entre a Espiral e o universo físico. A prisão aparecia em pontos distantes da Grande Treva como uma estrela verde incandescente.

Os heroicos feitos de Sargeras e Aggramar logo levaram a paz ao cosmos. Incursões demoníacas continuariam a ser uma ameaça constante à Grande Treva, mas se tornaram cada vez mais raras. Os mundos dos titãs prosperaram, e a vida floresceu em toda a sua complexidade.

A Vontade do Caos

Enquanto o Panteão procurava almas-mundo hibernantes, Sargeras e Aggramar continuaram sua caçada a demônios errantes. Os dois guerreiros concordaram em que poderiam proteger mais mundos se atuassem separadamente e recorressem um ao outro somente em momentos críticos. Assim, eles seguiram caminhos distintos.

Foi nessa época que Sargeras descobriu todo o horror dos planos dos senhores do caos.

Ele foi atraído para um lugar distante da Grande Treva, onde energias frias do Caos irradiavam de um mundo negro e árido. Lá, Sargeras encontrou seres enormes que nunca tinha visto corrompendo a superfície do mundo. Eram os Deuses Antigos, que haviam se incorporado ao mundo e o envolvido em um véu de energias do Caos.

Com horror crescente, Sargeras se deu conta de que aquele não era apenas um mundo qualquer. Ele ouviu a alma-mundo sonhando em seu cerne. Mas aqueles não eram os sonhos prazerosos que Sargeras conhecia de outras almas-mundo – eram pesadelos soturnos e horrendos. Os tentáculos dos Deuses Antigos haviam se cravado profundamente, envolvendo em sombras o espírito do titã em hibernação.

Um conclave de nathrezim também havia descoberto aquele mundo negro. Eles foram viver entre os Deuses Antigos, prosperando em seu poder sombrio. Sentindo a maldade deles, Sargeras capturou e interrogou impiedosamente os nathrezim. Os demônios derrotados revelaram o que haviam ouvido sobre os Deuses Antigos e as intenções dos senhores do caos. Se os poderes do Caos conseguissem corromper um titã nascente, ele despertaria como uma criatura sinistra além do imaginável. Nenhum poder da criação, nem mesmo o Panteão, conseguiria resistir a ela. Com o tempo, o titã corrompido consumiria toda a matéria e energia do universo, colocando cada partícula de existência sob a vontade dos senhores do caos.

Sargeras, o guerreiro invencível dos titãs, sentiu medo pela primeira vez. Ficou claro para ele que, enquanto o Panteão procurava almas-mundo, o mesmo fizeram os senhores do caos. Sargeras nunca havia imaginado que as energias do Caos poderiam consumir um titã em hibernação de forma tão completa.

Mas a prova disso estava bem sob seus olhos.

Fúria e angústia incendiaram a alma de Sargeras. Ele eliminou os nathrezim com um só golpe – uma fúria tão grande que o fez esquecer-se totalmente das formas dos demônios. Ele voltou sua atenção para o próprio mundo das trevas. Seu coração doeu de tristeza, pois ele soube que só havia uma forma de impedir que o titã das trevas se erguesse.

Empunhando sua lâmina, Sargeras partiu o mundo em dois. A explosão resultante consumiu os Deuses Antigos e suas energias, mas também matou o titã nascente.

Sargeras retornou imediatamente ao Panteão e convocou Aggramar a ir com ele. Diante dos titãs reunidos, narrou suas descobertas. Os outros membros do Panteão ficaram chocados com o que ouviram, e ainda mais com a atitude precipitada de Sargeras. Eles o repreenderam por matar desnecessariamente um dos seus. Caso tivesse lhes pedido ajuda, argumentaram, eles poderiam ter purgado a alma-mundo da corrupção.

Embora Sargeras tentasse convencê-los de que fizera algo necessário, se deu conta de que era inútil. Os outros titãs não tinham visto o que ele vira. Nunca entenderiam por que tomara medidas tão drásticas. Afora Aggramar, os outros titãs não conheciam o Caos ou os demônios como ele. Não podiam conceber a que nível chegavam tais maldade e poder corruptor.

Teve início uma discussão acalorada entre Sargeras e o resto do Panteão sobre a melhor forma de lidar com a ameaça representada pelos senhores do caos. Sargeras temia acima de tudo que, se os Deuses Antigos haviam corrompido uma alma-mundo, poderiam ter corrompido muitas outras. Poderia ser tarde demais para detê-los.

Sargeras expressou seu medo crescente de que a própria existência já estivesse corrompida – uma ideia que tivera de aceitar depois de seu encontro com os Deuses Antigos. Apenas eliminando toda a criação os titãs poderiam ter uma chance de impedir que os senhores do caos atingissem seu objetivo. Na mente de Sargeras, mesmo um universo sem vida era melhor que um dominado pelo Caos. A vida deitara raízes no cosmos uma vez. Talvez, depois que o universo físico fosse expurgado da corrupção, a vida pudesse deitar raízes novamente.

Essa ideia horrorizou o resto do Panteão. Eonar, a Mãe da Vida, recordou a Sargeras que os titãs haviam jurado proteger as coisas vivas sempre que possível. Nada poderia ser tão terrível que justificasse a extinção sistemática. Mesmo Aggramar ficou contra seu mentor, argumentando que deveria haver outro modo de derrotar os senhores do caos. Ele conclamou Sargeras a desistir de seu plano soturno e conceber outra solução.

Tomado por desespero e por um sentimento de traição, Sargeras se afastou dos outros titãs. Ele sabia muito bem que eles nunca veriam a luz da razão. Se não iriam ajudá-lo a eliminar a corrupção dos senhores do caos, ele faria isso sozinho.

Essa foi a última vez que os titãs do Panteão o veriam como um semelhante.

SARGERAS DESTRÓI A ALMA-MUNDO CORROMPIDA

O IMPÉRIO DAS TREVAS

CAPÍTULO II

AZEROTH PRIMITIVO

CAPÍTULO II
AZEROTH PRIMITIVO

O REINO DOS ELEMENTOS

Durante longas eras o Panteão continuou a buscar titãs nascentes por todo o cosmos, levando a ordem a inúmeros mundos. Contudo, a despeito de seus esforços, não conseguiram encontrar outros como eles. Em certos momentos, os titãs do Panteão se perguntaram se aquela busca era em vão, mas todas as vezes decidiram seguir em frente. Algo lhes dizia que havia mais almas-mundo, e essa esperança os enchia de determinação.

Embora o Panteão não soubesse disso, sua intuição estava certa. Um novo mundo milagroso ganhava forma em um lugar isolado da Grande Treva. Bem no fundo do núcleo desse mundo, o espírito de um poderoso e nobre titã ganhava vida.

Um dia este lugar seria conhecido como Azeroth.

À medida que o titã nascente se desenvolvia, espíritos elementais vagavam sobre a superfície do mundo. Ao longo das eras, esses seres se tornaram cada vez mais erráticos e destrutivos. A alma-mundo em desenvolvimento era tão vasta que tinha absorvido e consumido muito do quinto elemento, Espírito. Sem essa força primordial para criar equilíbrio, os espíritos elementais de Azeroth mergulharam no caos.

Fogo, terra, ar e água – essas eram as forças que comandavam o jovem mundo. Elas se entregavam a conflitos intermináveis, mantendo a face de Azeroth em um constante fluxo elemental. Quatro senhores dos elementos, poderosos além da compreensão dos mortais, reinavam supremos sobre inúmeros espíritos inferiores.

Dos senhores dos elementos, nenhum se equiparava à astúcia impiedosa de Al'Akir, o Senhor dos Ventos. Ele costumava enviar tempestades para espionar seus inimigos e semear a discórdia. Usando artifícios, ele lançava os outros elementais uns contra os outros, para só depois liberar toda a fúria de seus servos sobre os inimigos enfraquecidos. Os ventos uivavam e os céus escureciam tomados por tempestades quando ele se aproximava. Enquanto raios golpeavam a superfície do mundo, os elementais em redemoinho de Al'Akir desciam berrando dos céus, envolvendo os inimigos em ciclones monstruosos.

Ragnaros, o Senhor do Fogo, desprezava as covardias de Al'Akir. Compulsivo e impetuoso, o Senhor do Fogo se valia da força bruta para aniquilar seus inimigos. Onde quer que fosse, vulcões explodiam a crosta do mundo, lançando rios de fogo e destruição. Ragnaros ansiava por nada mais que ferver o mar, reduzir as montanhas a cinzas e sufocar os céus com brasas. Os outros senhores dos elementos acalentavam um ódio profundo por ele e por seus ataques ousados e devastadores.

Therazane, a Petramater, era a governante elemental mais reclusa. Sempre protetora dos filhos, ela erguia majestosas cordilheiras para repelir os ataques dos inimigos. Petramater emergia depois que seus adversários se enfraqueciam contra suas fortificações impenetráveis, rasgando gigantescas fendas na terra e engolindo exércitos inteiros de elementais. Aqueles que sobreviviam eram esmagados pelos punhos dos mais poderosos servos de Therazane: montanhas ambulantes feitas de cristal e pedra implacáveis.

O sábio Neptulon, o Caçador de Marés, tinha o cuidado de não cair nos golpes de Al'Akir ou perder seus comparsas em ataques infrutíferos às fortalezas de Therazane. Enquanto os exércitos de fogo, ar e terra entravam em choque sobre a superfície de Azeroth, o Caçador de Marés e seus elementais dividiam e conquistavam os rivais em ataques brilhantes. Quando seus inimigos fugiam, Neptulon os esmagava entre ondas que eclipsavam mesmo as mais altas cadeias montanhosas de Therazane.

As batalhas apocalípticas entre os senhores dos elementos foram travadas ao longo de incontáveis milênios. O domínio de Azeroth mudava constantemente entre as facções, cada uma delas lutando para refazer o mundo à sua própria imagem. Mas para os elementais a vitória não importava tanto quanto o próprio conflito. O estado calamitoso do mundo era sublime para eles, e o único desejo deles era continuar seu ciclo interminável de caos.

A Chegada dos Deuses Antigos

Os senhores dos elementos se fartaram em meio ao caos dos tempos primórdios, até um grupo de Deuses Antigos despencar da Grande Treva. Eles se chocaram contra a superfície de Azeroth, incorporando-se ao mundo em diferentes pontos. Esses Deuses Antigos se elevaram acima da terra, em montanhas de carne cravada por centenas de mandíbulas rangentes e olhos negros cruéis. Um miasma de desespero logo envolveu tudo que se encontrava sob sua sombra contorcida.

Como gigantescas pústulas cancerosas, os Deuses Antigos espalharam sua influência corruptora pela paisagem. As terras ao redor deles fermentavam e secavam, tornando-se negras e sem vida légua após légua. Enquanto isso, os tentáculos dos Deuses Antigos se cravavam na crosta do mundo, penetrando cada vez mais fundo na direção do coração indefeso de Azeroth.

Matéria orgânica escorreu dos corpos deformados dos Deuses Antigos, gerando duas raças distintas. A primeira foi a dos astutos e inteligentes n'raqi, também conhecidos como "os sem rosto". A segunda foi a dos aqir, insetoides de inacreditável resistência e força. Como manifestações físicas da vontade dos Deuses Antigos, as duas raças serviriam a seus mestres com fanática lealdade.

Por intermédio de seus novos servos, os Deuses Antigos ampliaram as fronteiras de seus domínios remotos. Os n'raqi atuavam como capatazes impiedosos, empregando os aqir como operários para erguer cidadelas imponentes e cidades sagradas ao redor das massas colossais de seus senhores. O maior desses bastiões foi construído ao redor de Y'Shaarj, o mais poderoso e imoral dos Deuses Antigos. Essa civilização em expansão ficava localizada perto do centro do maior continente de Azeroth. Os domínios de Y'Shaarj, juntamente com os outros domínios dos Deuses Antigos, logo se espalhariam pelo mundo e ficariam conhecidos como Império das Trevas.

A ascensão do Império das Trevas não passou despercebida pelos elementais. Considerando os Deuses Antigos um desafio ao seu domínio, os senhores dos elementos entraram em ação para expulsar as entidades de seu mundo. Pela primeira vez na história de Azeroth, seus espíritos nativos trabalharam juntos contra um inimigo comum.

As tempestades de Al'Akir se somaram aos servos fervorosos de Ragnaros para criar monstruosos ciclones de chamas. Essas tempestades calcinantes assolaram o mundo, reduzindo a cinzas as cidadelas do Império das Trevas. Em outros pontos, Therazane ergueu paredes irregulares de pedra para cercar seus inimigos e partir suas cidades místicas. Neptulon e seus comparsas de maré então entraram em ação, esmagando os n'raqi e os aqir entre as rochas inabaláveis e a fúria dos mares.

A despeito de todo o seu empenho, os elementais não conseguiram derrubar o Império das Trevas. Não importava quantos n'raqi e aqir morressem, mais deles brotavam das formas pútridas dos Deuses Antigos, como larvas de uma colmeia. Os n'raqi e os aqir envolveram a terra como uma peste incontrolável, destruindo as formas dos elementais.

No fim os Deuses Antigos escravizaram os elementais e seus senhores. Sem os espíritos nativos para conter os n'raqi e os aqir, as fronteiras do Império das Trevas avançaram sobre grande parte do mundo árido. Um crepúsculo perpétuo baixou sobre Azeroth, e o mundo mergulhou em um abismo de sofrimento e morte.

A Descoberta de Azeroth

Enquanto isso, nas profundezas da Grande Treva Infinita, Aggramar continuava sua jornada para erradicar todos os sinais de influência demoníaca. Suas batalhas o levaram de um mundo a outro, de uma civilização assolada por demônios à seguinte. Embora Aggramar carregasse sozinho todo o fardo dessa tarefa, nunca hesitou em sua determinação. Ele acreditava de todo coração que Sargeras um dia voltaria e veria que a causa do Panteão era correta.

Foi durante suas longas e solitárias jornadas que Aggramar sentiu algo extraordinário: os sonhos tranquilos de uma alma-mundo em estado de hibernação, ondulando pelo cosmos. A música da vida o levou a um mundo que o Panteão ainda não havia descoberto, um mundo que eles depois chamariam de Azeroth.

Aninhado no núcleo havia um titã como Aggramar – um muito mais poderoso que qualquer outro já encontrado. O espírito era tão poderoso que Aggramar sentiu os sonhos dele mesmo através da cacofonia que se espalhava pela superfície agitada do mundo.

Mas, quando Aggramar chegou mais perto de Azeroth e contemplou o mundo, foi tomado por um horror. Energias do Caos envolviam a superfície como uma camada de carne doentia. Da paisagem arruinada se erguiam os Deuses Antigos e seu Império das Trevas. Miraculosamente, o espírito do titã nascente permanecia imaculado, mas Aggramar sabia que era apenas uma questão de tempo antes que sucumbisse ao Caos.

Aggramar foi conferenciar com o resto do Panteão, informando sobre sua descoberta. Aquilo era uma prova evidente de que Sargeras estivera certo quanto aos senhores do caos e seus planos. Aggramar conclamou os outros titãs a agirem com a devida celeridade antes que Azeroth fosse perdido para sempre.

Eonar foi rápida em defender a causa de Aggramar. Ela convenceu os outros membros do Panteão a pensarem no potencial do mundo. Se atingisse a maturidade, aquele novo titã poderia superar até mesmo o considerável poder de Sargeras, argumentou. De fato, ele poderia se tornar seu maior guerreiro, capaz de neutralizar os senhores do caos de uma vez por todas. Porém, mais que isso, Azeroth era um deles – um membro perdido e vulnerável de sua família. O Panteão não podia abandonar seu próprio parente nas garras dos senhores do caos.

As palavras de Eonar tocaram os corações dos outros membros do Panteão. Eles concordaram por unanimidade em salvar Azeroth, não importando o custo.

Aggramar concebeu um plano de ataque ousado: todos os membros do Panteão viajariam a Azeroth e expulsariam o Império das Trevas que o havia tomado. Contudo, não entrariam em ação diretamente. Em função de suas formas colossais, Aggramar temia que o Panteão pudesse causar danos irreversíveis ou mesmo matar a alma-mundo. Em vez disso, ele sugeriu a criação de formas poderosas para agir como as mãos do Panteão e levar a cabo seus desígnios contra o Império das Trevas.

Sob a orientação do grande forjador Khaz'goroth, o Panteão criou da crosta do próprio Azeroth um exército de enormes servos: os aesir e os vanir. Os aesir eram feitos de metal, e comandariam os poderes das tempestades. Os vanir eram feitos de pedra, e assumiriam o comando da terra. Coletivamente essas poderosas criaturas seriam conhecidas como os forjados pelos titãs.

Os membros do Panteão dotaram alguns de seus servos com suas aparências e seus poderes para liderar o restante das criaturas forjadas pelos titãs. Esses seres foram chamados de guardiões. Embora com o tempo eles fossem desenvolver suas próprias personalidades, sempre teriam a marca e as capacidades de seus criadores.

Aman'Thul deu algumas de suas numerosas habilidades ao alto-guardião Ra e ao guardião Odyn. Khaz'goroth concedeu seu controle da terra e da forja ao guardião Arkhaedas. Golganneth deu a Thorim e Hodir o domínio sobre as tempestades e os céus. Eonar deu à guardiã Freya o comando da flora e da fauna de Azeroth. Norgannon emprestou uma parcela de seu intelecto e conhecimento sobre magia a Loken e Mimiron. Finalmente, Aggramar transmitiu sua força e coragem ao guardião Tyr, que se tornaria o maior guerreiro entre os forjados pelos titãs.

Com esse novo exército feito da crosta do mundo, o Panteão foi à guerra. Chegara o momento de esmagar o Império das Trevas e libertar Azeroth de sua influência maligna...

A Ira dos Forjados pelos Titãs

Liderados pelos guardiões, os forjados pelos titãs atacaram as posses mais ao norte do Império das Trevas. A resistência e a força dos exércitos do Panteão fizeram deles uma potência impossível de conter. Eles lançaram a ira dos deuses sobre seus inimigos, arrasando legiões de n'raqi e aqir e reduzindo seus templos a pedaços.

A chegada dos forjados pelos titãs apanhou os Deuses Antigos totalmente de surpresa. Não foram capazes de reagir adequadamente aos invasores revestidos de pedra e metal, mas estavam determinados a não perder o controle de Azeroth. Para reafirmarem seu domínio, os Deuses Antigos convocaram seus maiores tenentes: os senhores dos elementos.

Os enfurecidos senhores dos elementos e seus comparsas atacaram os forjados pelos titãs em todas as direções. Sempre tomando o cuidado de não combater um exército elemental unificado, os guardiões decidiram se dividir para derrotar os inimigos. Assim, separaram suas forças e enviaram cada grupo de forjados pelos titãs para lutar contra um senhor dos elementos específico.

Tyr e Odyn se ofereceram para enfrentar o mais destrutivo dos tenentes elementais: Ragnaros, o Senhor do Fogo. A batalha durou semanas, envolvendo a terra em fogo e magma. Mas as formas metálicas resistentes dos guardiões os mantiveram a salvo dos ataques ferozes de Ragnaros. Valendo-se de força bruta e determinação, Tyr e Odyn empurraram Ragnaros de volta a seu esconderijo vulcânico a leste. Em uma terra de mares ácidos ferventes e céus tomados por cinzas, os dois guardiões derrotaram o Senhor do Fogo.

Enquanto isso, Arkhaedas e Freya lançaram seus poderes contra Therazane, a Petramater. Para proteger a si mesma e a seus comparsas, a governante elemental se retirou para a enorme torre de pedra que chamava de lar. Arkhaedas usou seu domínio sobre a terra para abalar as fundações da cidadela e estraçalhar os gigantes escarpados que a guardavam. Freya então fez brotarem raízes colossais do chão, que envolveram a fortaleza. Elas penetraram pedra e cristal, forçaram as muralhas da cidadela e a derrubaram sobre a cabeça de Therazane.

Ra, Thorim e Hodir guerrearam com Al'Akir, o Senhor dos Ventos. Usando seu domínio dos céus e tempestades, eles forçaram o senhor elemental a recuar para seu esconderijo entre os picos mais altos de Azeroth. Raios incendiaram os céus enquanto Al'Akir lutava para conter os inimigos. No fim, os três guardiões viraram o poder do senhor dos elementos contra ele mesmo, derrotando Al'Akir no alto de seu elevado domínio.

Neptulon, o Caçador de Marés, e seus comparsas se apressaram para ajudar os senhores dos elementos assolados, mas foram emboscados por Loken e Mimiron. Os dois guardiões usaram suas capacidades para atacar e derrotar as forças de Neptulon em todos os combates. Loken lançou mão de seus poderes arcanos para congelar e partir as formas líquidas dos elementais, enquanto Mimiron criava grilhões encantados para aprisionar o próprio Neptulon.

Embora os senhores dos elementos tivessem sido derrotados, os guardiões sabiam que não podiam destruí-los completamente. Os espíritos elementais estavam ligados ao próprio Azeroth. Se fossem mortos, suas forças corpóreas iriam se manifestar novamente com o tempo.

Ra logo encontrou uma solução. Ele decidiu aprisionar os elementais, como o grande Sargeras havia feito com os demônios. Primeiramente, Ra buscou a ajuda da talentosa feiticeira Helya, forjada pelos titãs. Eles trabalharam juntos para criar quatro domínios interligados dentro de uma dimensão reduzida conhecida como Plano Elemental. Ra e Helya então baniram os senhores dos elementos e quase todos os seus servos para esse reino prisional encantado.

Ragnaros e os elementais de fogo foram exilados para uma área fumegante do Plano Elemental chamada Terras do Fogo. Therazane e os elementais de terra foram trancafiados nas cavernas cristalinas do Geodomo. Al'Akir e os elementais de ar foram aprisionados entre as espiras nebulosas da Parede do Céu. Finalmente, Neptulon e os elementais de água foram sugados para as infinitas profundezas da Boca Abissal. Apenas alguns poucos elementais permaneceriam na superfície de Azeroth. Com a partida de seus líderes, esses seres se espalharam e abandonaram a guerra.

Tendo contido os elementais, os guardiões voltaram a atenção para as legiões aqiri do Império das Trevas. Muitos dos insetoides viviam em enormes catacumbas que coleavam sob a superfície daquele mundo devastado. Arkhaedas forçou as pedras e o solo a obedecerem à sua vontade, então derrubou as tocas dos aqiri, fazendo-os subir à superfície. Ao emergir de seus esconderijos, os insetoides se viram cercados por aqueles forjados pelos titãs.

Não se esperava que as batalhas entre os forjados pelos titãs e os aqiri fossem tão atrozes. Com o tempo, os guardiões destruíram a maior parte da raça aqiri. Pequenos grupos de insetoides, aqueles que haviam permanecido em túneis profundos, escaparam à ira dos guardiões; no entanto, estavam enfraquecidos demais para organizar um contra-ataque.

A BATALHA ENTRE OS FORJADOS PELOS TITÃS E OS SENHORES DOS ELEMENTOS

O Império Das Trevas

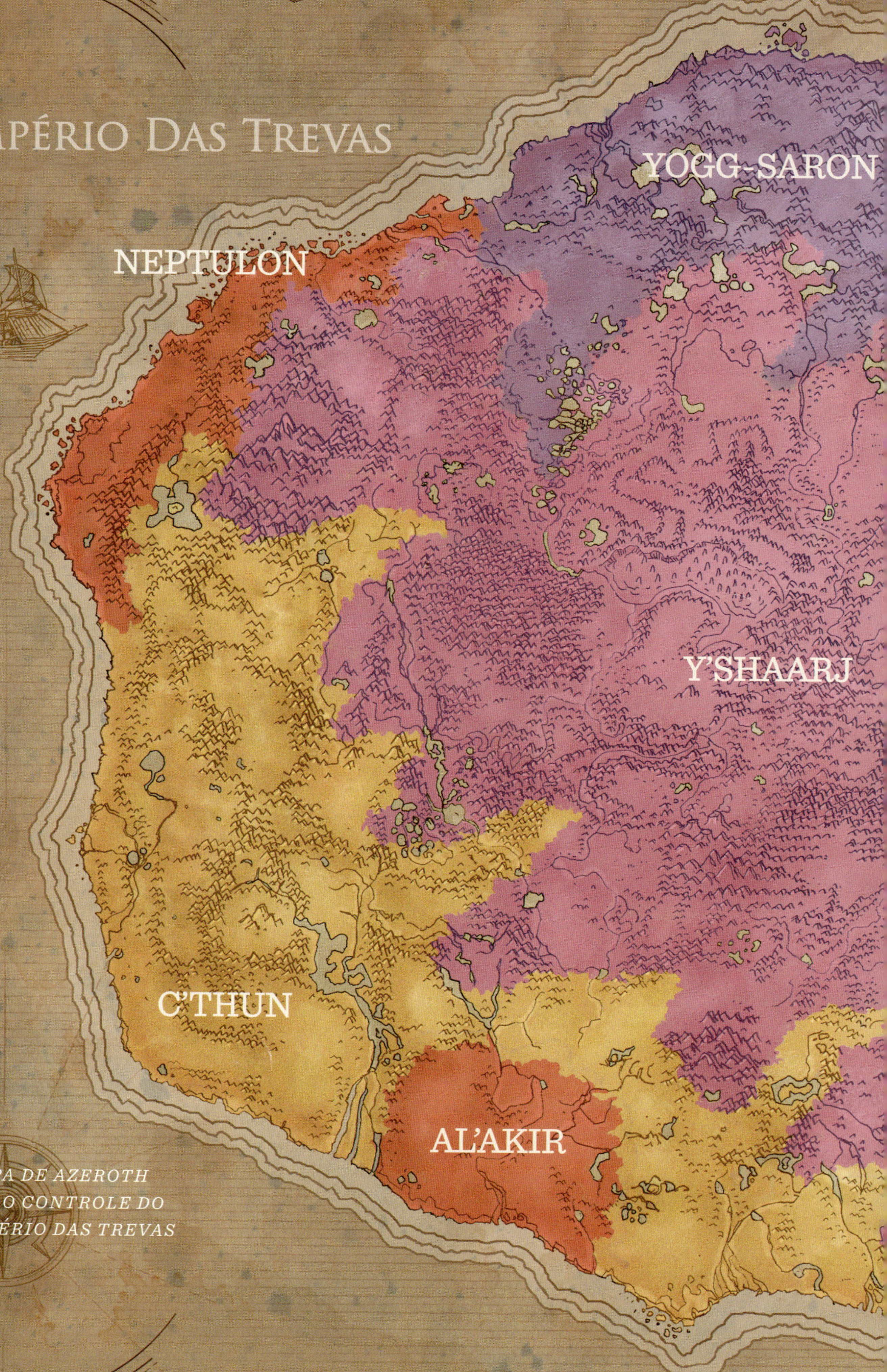

MAPA DE AZEROTH SOB O CONTROLE DO IMPÉRIO DAS TREVAS

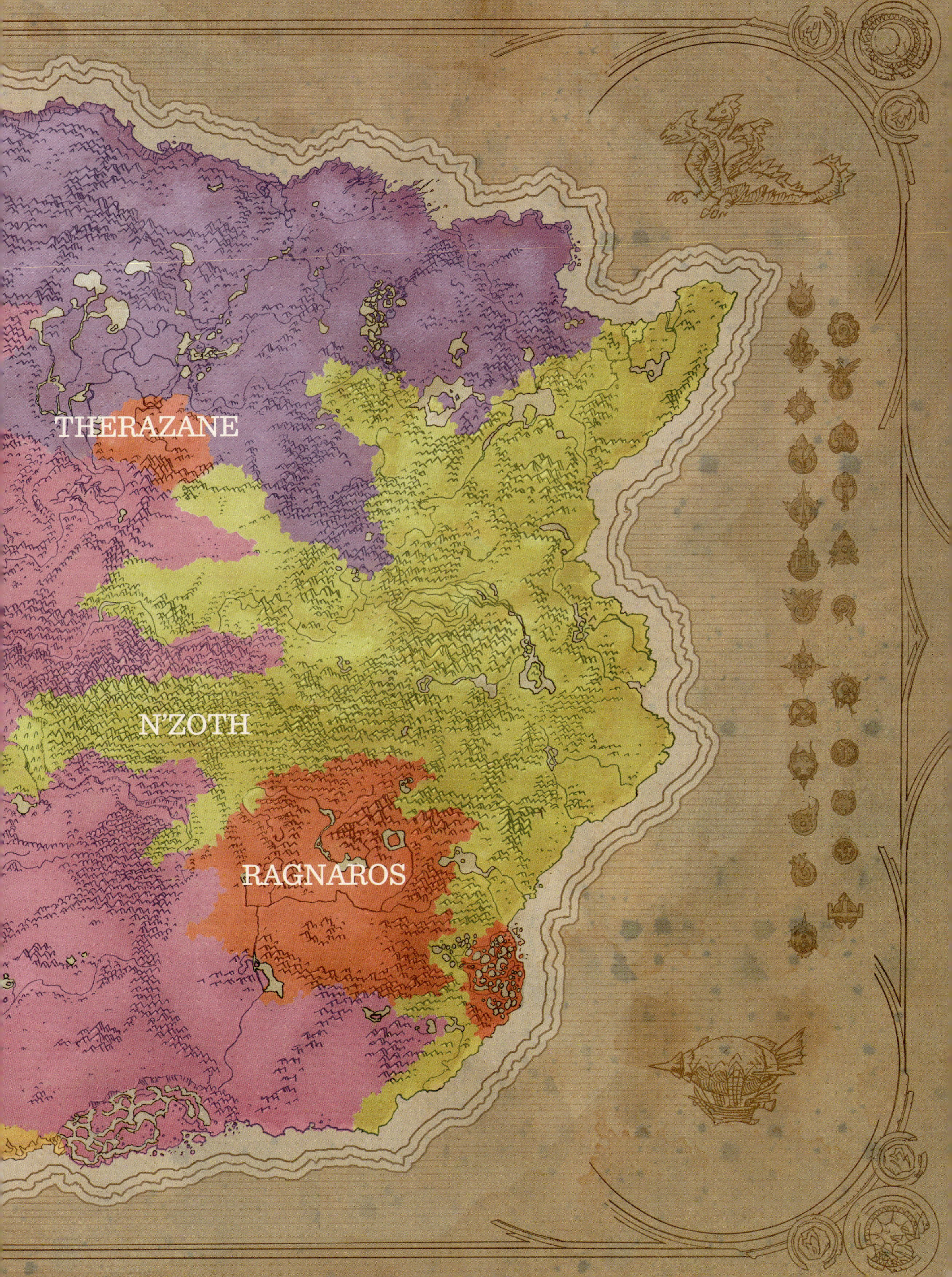
THERAZANE
N'ZOTH
RAGNAROS

A Queda do Império das Trevas

As vitórias sobre os aqir e os elementais fortaleceram os guardiões, mas eles sabiam que suas maiores batalhas ainda estavam por vir. Juntos, eles voltaram suas boas intenções para o coração do Império das Trevas: a grande cidade sagrada construída em torno do Deus Antigo Y'Shaarj. Os guardiões acreditavam que, derrubando o mais poderoso bastião n'raqi em Azeroth, poderiam esmagar seus inimigos com um golpe só.

Os guardiões e seus aliados avançaram em meio a sucessivos enxames de n'raqi, abrindo caminho até a forma montanhosa de Y'Shaarj. Os corpos partidos e aleijados de forjados pelos titãs e n'raqi cobriam a paisagem quando os invasores tomaram a cidade e atacaram o próprio Deus Antigo.

Y'Shaarj era mais poderoso do que os guardiões haviam esperado. Ele envenenou as mentes dos forjados pelos titãs, tornando seus medos maiores e seus pensamentos mais sombrios.

O Panteão temeu que o Deus Antigo pudesse derrotar seus servos. A despeito do risco de causar mal ao mundo, eles decidiram adotar uma ação direta. O próprio Aman'Thul se estendeu pelos céus tempestuosos de Azeroth e tomou o corpo agitado de Y'Shaarj. Com um golpe de seu poderoso braço, ele arrancou o Deus Antigo da crosta do mundo. A forma gigantesca de Y'Shaarj foi dilacerada. A enorme dimensão da morte do Deus Antigo abalou cumes de montanhas e dizimou centenas de forjados pelos titãs imediatamente.

Y'Shaarj estava morto, mas seus tentáculos haviam se cravado mais fundo em Azeroth do que Aman'Thul imaginara. Ao arrancar o Deus Antigo do mundo, ele acabara abrindo uma ferida eterna na superfície de Azeroth. Energias voláteis arcanas, a força vital daquele titã nascente, irrompiam das cicatrizes e serpenteavam pelo mundo.

Horrorizados com o rumo dos acontecimentos, o Panteão compreendeu que não poderia assumir o risco de destruir os outros Deuses Antigos da mesma maneira. Aquelas criaturas malignas haviam se entranhado tão profundamente no mundo, que arrancá-las destruiria o próprio Azeroth.

O Panteão sabia que a única ação possível era aprisionar os Deuses Antigos onde estavam e impedir que suas forças malignas se manifestassem outra vez. Seria uma tarefa difícil, mas possível com a ajuda dos guardiões. Por ordem do Panteão, os forjados pelos titãs conceberam um plano para eliminar os últimos vestígios do Império das Trevas para sempre. Iriam combater cada um dos Deuses Antigos diretamente. Assim que as criaturas fossem abatidas, Arkhaedas iria criar câmeras subterrâneas para contê-las. Mimiron então conceberia máquinas colossais para trancar os Deuses Antigos onde estavam. Quando esse trabalho estivesse concluído, Loken lançaria em cada prisão um encanto que neutralizaria o mal dos Deuses Antigos.

Uma vez definidos os planos, os forjados pelos titãs começaram sua campanha. Grandes batalhas se desenrolaram pelo caminho à medida que os forjados pelos titãs seguiam para o sudeste, rumo ao bastião de N'Zoth. Depois de esmagar o Deus Antigo, os guardiões usaram seus poderes para trancafiar a criatura em uma prisão subterrânea.

Então, continuaram marchando na mesma direção para chegar à grande cidade sagrada que crescera ao redor do terceiro Deus Antigo, C'Thun. Os guardiões e seus aliados eliminaram enxames de n'raqi antes de atacar o próprio Deus Antigo e subjugá-lo. Como haviam feito com N'Zoth, sepultaram a entidade sob a terra e construíram uma prisão acima da forma.

Restava apenas um Deus Antigo: o violento e astucioso Yogg-Saron. Ele não cairia tão facilmente. À medida que os forjados pelos titãs se aproximavam da fortaleza em ruínas de Yogg-Saron, ao norte, o Deus Antigo enviou seus mais poderosos generais: os C'Thraxxi.

Os C'Thraxxi eram guerreiros monstruosos, maiores e mais resistentes que os outros n'raqi. Possuíam grande força e um intelecto brutal, e seus poderes sombrios e maldições podiam levar à loucura até mesmo os forjados pelos titãs.

Os gigantescos C'Thraxxi, com rostos de tentáculos, levaram ao frenesi o que restava do Império das Trevas. Eles atacaram os forjados pelos titãs por todos os lados, reduzindo seu número. Quando os guardiões e seus aliados chegaram a Yogg-Saron, suas forças haviam sido drasticamente reduzidas. Perceberam que não eram suficientes para derrotar o Deus Antigo. Yogg-Sauron teria destruído totalmente os forjados pelos titãs não fosse pelos atos heroicos de Odyn.

Embora coberto de cicatrizes e maltratado pela guerra, Odyn reuniu a força que lhe restava e inspirou os forjados pelos titãs a lançar um contra-ataque. Ele ordenou a Loken que lançasse um grande feitiço de ilusão para fazer os C'Thraxxi verem a si mesmos – e até Yogg-Saron – como inimigos. Quando as forças do Império das Trevas voltaram-se umas contra as outras, Odyn investiu contra os inimigos confusos. Os outros forjados pelos titãs seguiram sua liderança e, juntos, conseguiram esmagar Yogg-Saron. Como haviam feito com C'Thun e N'Zoth, os guardiões enterraram a entidade debaixo da terra, trancando-a em uma prisão encantada monolítica.

A Nascente da Eternidade e as Forjas do Mundo

Pela primeira vez na história de Azeroth uma paz provisória se instaurou. Os forjados pelos titãs tinham banido os caóticos senhores dos elementos para outro plano de existência. Também haviam expurgado o Império das Trevas e contido o terrível poder dos Deuses Antigos. Contra todas as expectativas, Azeroth tinha sido salvo.

Mas havia muito trabalho pela frente. A mais premente preocupação dos guardiões era a horrenda cicatriz deixada para trás quando Aman'Thul arrancara Y'Sharj da crosta do mundo. Um fluxo constante de energia arcana volátil sangrava da fenda colossal, se espalhando pelo mundo. Os guardiões sabiam que, se fossem ignoradas, essas energias consumiriam Azeroth com o passar do tempo.

Eles trabalharam noite e dia criando proteções mágicas ao redor da enorme ferida para conter a força vital que escapava. Por fim as energias agitadas se acalmaram e atingiram um equilíbrio. Da cicatriz restou apenas um imenso lago de energia cintilante que os guardiões iriam chamar de Nascente da Eternidade. A partir de então, o poder dessa fonte assombrosa seria injetado no mundo ferido, ajudando a vida a deitar raízes e florescer por todo o planeta.

Com a ferida curada, os guardiões buscaram fortalecer a alma-mundo nascente de Azeroth e estabilizar sua força vital. Para isso, Arkhaedas e Mimiron combinaram seus poderes para criar a Forja da Vontade e a Forja da Criação. Essas duas máquinas extraordinárias iriam operar em conjunto, infundindo energias cósmicas no espírito hibernante de Azeroth. A Forja da Vontade seria implantada no limite norte do mundo e moldaria a consciência nascente da alma-mundo. A Forja da Criação seria instalada no limite sul, encarregada de regular os ritmos da terra profunda e fortalecer a forma da alma-mundo.

Depois que essas duas máquinas foram construídas, os guardiões se lançaram ao trabalho. Odyn supervisionou os esforços para instalar a Forja da Vontade em uma enorme cordilheira norte que ficaria conhecida como os Picos Tempestuosos. O Panteão nomeou Odyn como Primeiro Escolhido por seus feitos valorosos na guerra aos Deuses Antigos. A tarefa de vigiar a prisão de Yogg-Saron e manter a Forja da Vontade caberia a ele. Odyn e os outros guardiões imediatamente começaram a construir a grande fortaleza de Ulduar para servir como principal bastião dos forjados pelos titãs em Azeroth. A fortaleza abrigaria não apenas a prisão de Yogg-Saron, mas também a Forja da Vontade e outras máquinas concebidas pelos guardiões.

A Forja da Vontade também servia a outro propósito: se alimentaria da essência da vida do próprio Azeroth, dando forma e consciência a criaturas de pedra e metal vivos – não apenas gigantes, mas também outros tipos forjados pelos titãs. Essa nova geração de forjados pelos titãs ajudaria os guardiões a levar a ordem ao mundo.

À medida que a Forja da Vontade produzia esses novos forjados pelos titãs, o alto-guardião Ra liderava uma expedição para instalar a Forja da Criação no sul. Ele foi acompanhado por um número de criaturas de pedra que a Forja da Vontade acabara de produzir: os gigantes anubisath, os leoninos tol'vir e os indômitos mogu.

No caminho, Ra encontrou restos da forma corpórea de Y'Shaarj espalhados pelo limite sul do mundo. Quando Aman'Thul arrancara o Deus Antigo de Azeroth, pedaços da entidade caíram na superfície, impregnando a terra de mal. O maior pedaço intacto de Y'Shaarj era o coração gelado do Deus Antigo, uma massa de carne doentia fervilhando com as energias do Caos.

Em vez de destruir o coração, Ra construiu uma câmara subterrânea para neutralizar seu mal. Assim como os outros guardiões, ele sabia que estudar o coração poderia ajudá-los a compreender a natureza dos Deuses Antigos e outras criaturas do Caos. O alto-guardião encarregou seus seguidores mogu de vigiar a Câmara de Y'Shaarj, que também protegeriam e cuidariam dos arredores.

Ra então prosseguiu com sua expedição viajando para oeste. Lá, ele e seus seguidores fincaram na terra a Forja da Criação. A terra roncou sob os pés de Ra quando a máquina gigantesca ganhou vida. Ele logo sentiu que as forjas gêmeas estavam trabalhando em sinergia, enviando energias de cura através do cerne do mundo. Ra e seus seguidores ergueram uma ampla fortaleza ao redor da Forja da Criação. Esse local foi chamado de Uldum, e se tornaria a base de operações dos guardiões mais ao sul.

Como a Forja da Vontade, a Forja da Criação serviria a dois propósitos. No caso de a flora e a fauna de Azeroth sucumbirem à corrupção, as imensuráveis energias estocadas na grande máquina poderiam ser liberadas para erradicar toda a vida no mundo, permitindo que ela recomeçasse do zero.

O alto-guardião Ra ordenou que alguns dos tol'vir e anubisath protegessem Uldum para sempre. Ele e o resto de seus servos marcharam a noroeste para uma terra que mais tarde ficaria conhecida como Silithus. Essa região árida e inóspita era o local da prisão subterrânea que abrigava o Antigo Deus C'Thun. Ra e seus aliados trabalharam para ampliar a prisão, terminando por erguer a poderosa fortaleza de Ahn'Qiraj. Quando a tarefa estava concluída, o alto-guardião ordenou que o restante de seus forjados pelos titãs protegesse a fortaleza.

O próprio Ra, ao ver seu trabalho concluído, passaria as eras seguintes percorrendo as regiões ao sul de Azeroth, observando a distância seus forjados pelos titãs e garantindo que eles continuassem cumprindo suas obrigações sagradas.

A Ordenação de Azeroth

Uma vez instaladas as forjas gêmeas em Azeroth, os guardiões se dedicaram a dar nova forma à superfície do mundo. Para isso, invocaram a nova geração de servos saídos da Forja da Vontade.

Cada um desses leais e poderosos forjados pelos titãs iria desempenhar um papel diferente na ordenação e na proteção daquele mundo. Os irregulares e gentis terranos se especializariam em criar montanhas e escavar as grandes profundezas do mundo. Os precisos gnomecânicos, projetados pelo guardião Mimiron, ajudariam a construir e manter as máquinas extraordinárias dos guardiões. Os mogu de pele de pedra cavariam a miríade de rios e cursos d'água de Azeroth. A tarefa de proteger muitas das propriedades dos guardiões recairia sobre dois diferentes grupos de criações: os vraikal de pele de ferro e os cinzelados tol'vir. Para moldar o ambiente, os guardiões também convocaram os poderosos gigantes de pedra e mar. Eles percorreriam Azeroth por toda a sua extensão, erguendo enormes cordilheiras e cavando os mares profundos.

Enquanto os forjados pelos titãs começavam a dar forma a Azeroth, a guardiã Freya assumiu a tarefa de habitar o mundo com vida orgânica. Para isso, ela concebeu o Sonho Esmeralda, uma vasta dimensão de espíritos e magia natural em constante transformação. Esse plano etéreo funcionava como uma imagem especular de Azeroth, ajudando a regular a trilha evolucionária da flora e da fauna do mundo. Espíritos e estranhos seres de outros mundos habitavam o Sonho, convivendo alegremente naquele paraíso surreal que era seu lar. O místico Sonho desafiava as percepções mortais da realidade. Conceitos como *tempo* e *distância* não se aplicavam a esse reino de abstrações. Um dia no mundo físico poderia parecer décadas no Sonho.

Freya percorreu o mundo, procurando regiões onde as energias da Nascente da Eternidade tivessem se acumulado, pois apresentavam as condições ideais para o desenvolvimento da nova flora e fauna. Freya então criou imensos enclaves naturais nessas áreas e moldou vida de uma assombrosa diversidade, semeando-a pelo mundo. Os locais onde Freya realizou seu trabalho se situavam nos extremos polares do mundo. Incluíam regiões que mais tarde seriam chamadas de Cratera Um'Goro, Bacia Sholazar e Vale das Flores Eternas.

As mais grandiosas criaturas a emergir desses enclaves foram animais colossais conhecidos como os Deuses Selvagens. Freya adorava e cuidava desses seres majestosos como se fossem seus próprios filhos. Muitas vezes vagava pelo mundo físico acompanhada por eles, enquanto florestas vibrantes e pastos brotavam a cada passo. Mas havia um lugar que os Deuses Selvagens e ela frequentavam mais que qualquer outro: um enorme pico coberto de árvores chamado Monte Hyjal.

O Mundo dos Sonhos

Alguns acreditam que Freya teceu o Sonho Esmeralda do nada. Outros alegam que esse estranho lugar sempre havia existido sob alguma forma, um sonho nascido na alma-mundo em hibernação de Azeroth. Diz-se que Freya tomou esse reino em suas mãos e o moldou no que seria conhecido como o Sonho Esmeralda, como uma forma de entrar em comunhão com o nascente titã.

Os Deuses Selvagens

Entre os mais grandiosos Deuses Selvagens estavam:
Malorne – o honorável Cervo Branco
Aessina – a Mãe Narceja
Agamaggan – o Porco de Sabre
Aviana – a Senhora das Aves
Ursoc e Ursol – os colossais Senhores Ursos
Tortolla – o Sábio
Goldrinn – o Grande Lobo
Chi-Ji – a Garça Vermelha
Niuzao – o Iaque Negro
Xuen – o Tigre Branco
Yu'lon – a Serpente de Jade

Foi nas encostas do Hyjal que Freya ligou os espíritos de seus amados Deuses Selvagens ao Sonho Esmeralda. Atados ao reino etéreo de forma definitiva, eles iriam simbolizar a saúde e a vitalidade do próprio Azeroth. Hyjal seria para sempre um refúgio e um local sagrado para os Deuses Selvagens.

À medida que as criações de Freya exploraram o mundo, se depararam com diversas outras formas de vida estranhas. Essas criaturas haviam emergido do passado elemental de Azeroth por vontade própria. Quando os guardiões lacraram o Plano Elemental, alguns desgarrados escaparam do banimento. A fúria desses espíritos diminuíra com o tempo, e eles haviam se tornado criaturas de carne e osso. Foi desses antigos elementais que surgiram algumas formas de vida selvagem, como os protodragões.

Com o tempo, os guardiões e seus servos estabilizaram o principal continente de Azeroth, uma área repleta de plantas e criaturas de todos os tipos. O crepúsculo avançou enquanto inspecionavam o mundo que haviam moldado, então batizaram aquele território primitivo de Kalimdor: "Terra da Eterna Luz das Estrelas."

Os Pilares da Criação

O Panteão deu artefatos maravilhosos aos guardiões para ajudá-los a organizar o mundo. Essas relíquias eram conhecidas como os Pilares da Criação. Eras depois de os guardiões terem concluído sua obra grandiosa, os artefatos teriam se perdido e se espalhado pelas terras de Azeroth.

GIGANTES MOLDANDO AS TERRAS E OS MARES DE AZEROTH

A Partida do Panteão

Satisfeito com o trabalho dos guardiões e assegurados de que a alma-mundo em hibernação estava em boas mãos, o Panteão se preparou para retornar à Grande Treva. A descoberta de Azeroth havia sido a prova de que outros titãs nascentes podiam existir no universo, e os titãs estavam ansiosos para retomar sua busca.

Os guardiões lamentaram a partida iminente de seus criadores, mas também se encheram de orgulho por receberem a honra de proteger Azeroth. Para celebrar a partida do Panteão, Loken e Mimiron criaram um conjunto de artefatos encantados chamados Discos de Norgannon, que registrariam a história que se desenrolaria em Azeroth. Se um dia o Panteão retornasse, eles teriam um registro do que se passara na sua ausência.

Em seu ato final antes de partir, Aman'Thul escolheu o constellar Algalon como Observador para servir como guardião celestial do mundo. A possibilidade de que aquela alma-mundo se corrompesse era algo que os titãs não podiam ignorar. Caso isso acontecesse, Algalon tinha o poder de iniciar um procedimento que ativaria a Forja da Criação e livraria o mundo de qualquer forma de vida e de corrupção.

Assim, o Panteão deu adeus aos forjados pelos titãs e desapareceu nas estrelas. Os titãs haviam feito tudo que era possível para curar Azeroth e garantir que a alma-mundo pudesse amadurecer. Tudo o que restava então era esperar – e ter a esperança de que a alma-mundo despertaria um dia.

Galakrond

Nas eras seguintes à partida do Panteão, uma miríade de formas de vida floresceu sobre a superfície de Azeroth. As mais selvagens e astuciosas eram os protodragões, que viviam no norte congelado de Kalimdor. As várias espécies de protodragões tinham numerosas forças e capacidades. Alguns eram gigantescos seres alados de incrível força mental, com seus espíritos ligados ao próprio mundo. Outros haviam apreendido, sem querer, as energias elementais latentes que permeavam o mundo recém-organizado.

Mas havia um protodragão cujos poder e brutalidade devastadores ofuscavam os demais. Seu nome era Galakrond, o maior protodragão que já havia cruzado os céus de Azeroth. Ele era tão poderoso que o bater de suas asas devastava florestas inteiras. A força, contudo, não era a sua única arma. Era dotado de uma astúcia extraordinária que fazia dele um caçador excepcional.

Com o tempo, Galakrond passou a dominar as áreas de caça mais cobiçadas do norte de Kalimdor. Movido por uma fome insaciável, ele devorava tudo que via. Seu corpo cresceu ainda mais, e nada conseguia saciar seu desejo.

Sua fome era tão terrível que Galakrond começou a se alimentar de outros protodragões, até mesmo dos cadáveres. Devorar protodragões tombados acabou por afligir a mente e o corpo de Galakrond com uma doença necrosante. Membros deformados e dezenas de olhos brotaram em sua forma gigantesca. Energias nefastas emanavam da pele irregular de Galakrond, reanimando matéria morta. Esses poderes necrosantes eram passados para as vítimas de Galakrond, e elas se erguiam dos mortos como abominações irracionais.

Os comparsas desprezíveis de Galakrond tornaram-se cada vez mais numerosos. Em pouco tempo, ele e seus seguidores deformados passaram a aterrorizar os céus de Kalimdor. Os outros protodragões, divididos por antigas rivalidades, não conseguiram se unir contra essa nova ameaça.

Tyr, o mais poderoso dos guardiões, foi o primeiro a perceber aquele perigo. Ele alertou seus companheiros guardiões sobre o que tinha visto, mas não conseguiu motivá-los a agir. Embora os guardiões tivessem um dia jurado proteger o mundo, a guerra contra os Deuses Antigos e a ordenação de Azeroth esgotaram sua força coletiva e sua disposição. Eles haviam se tornado indiferentes ao mundo como um todo, concentrados unicamente em manter suas câmaras e maquinários arcanos em funcionamento.

Mas Tyr não foi detido pela apatia de seus irmãos. Seu ímpeto de buscar a justiça e a ordem no mundo o fez agir. Ele sabia que se Galakrond não fosse detido iria devorar toda a natureza, disseminando sua doença por todo o Azeroth. Assim, o guardião buscou um meio de destruir o gigantesco protodragão e seus comparsas.

Tyr encontrou a resposta com cinco dos maiores e mais inteligentes protodragões que existiam: Alexstrasza, Neltharion, Malygos, Ysera e Nozdormu. Quase todas essas criaturas vinham de diferentes linhagens, e cada uma delas exibia poderes únicos. Mesmo as duas irmãs Alexstrasza e Ysera tinham habilidades distintas. A tenaz e gentil Alexstrasza era capaz de gerar bolas de fogo em suas entranhas. A poderosa Neltharion tinha uma força incrível, e seu rugido penetrante conseguia estilhaçar ossos e pedras. O astucioso Malygos podia exalar gelo, envolvendo o inimigo em um bloco sólido. O sábio Nozdormu conseguia atacar os inimigos com tempestades cegantes de areia grossa. O hálito da esquiva Ysera debilitava os inimigos, tornando-os apáticos e lançando-os em um transe profundo.

Tyr suplicou a ajuda dos cinco protodragões para deter Galakrond. A princípio, as criaturas desconfiaram daquele ser estranho que as abordara, mas logo juraram combater ao seu lado. A despeito de suas diferenças, os cinco protodragões demonstraram uma surpreendente disposição de atuar em conjunto.

Sob a orientação de Tyr, Alexstrasza e seus companheiros lutaram contra Galakrond e seus fétidos comparsas. Suas batalhas foram travadas acima dos picos nevados e das colunas irregulares do norte de Kalimdor. No início, a pele irregular de Galakrond resistiu aos ataques dos cinco protodragões. Embora desalentados com a resistência do inimigo, Alexstrasza e seus aliados logo descobriram suas fraquezas. Eles atacaram os muitos olhos de Galakrond e seu macio ventre vulnerável. Usando seus poderes em harmonia, e confiando uns nos outros, eles venceram aquele gigantesco inimigo. O corpo sem vida de Galakrond despencou para o chão, sendo esmagado contra a tundra congelada do lugar que passaria a ser chamado de Ermo das Serpes.

Os cinco protodragões tinham vencido, a despeito de todas as adversidades, mas só haviam conseguido porque trabalharam juntos. Uma lição que não esqueceriam tão cedo. Alexstrasza e os outros levariam este ideal de unidade e cooperação pelas eras seguintes.

Tyr e a Mão de Prata

Tyr lutou ao lado dos protodragões, mas Galakrond mostrou ser poderoso demais até mesmo para o guardião da justiça. Em certa batalha, a criatura monstruosa arrancou a mão de ferro de Tyr, impregnando-o de energia necrosante. Embora o guardião tenha sobrevivido, seu ferimento nunca se curaria de verdade. Muitos anos depois, Tyr substituiria a mão perdida por uma feita de pura prata. Essa mão de prata iria simbolizar sua crença em que só por intermédio do sacrifício pessoal era possível obter justiça duradoura.

Azeroth Organizado

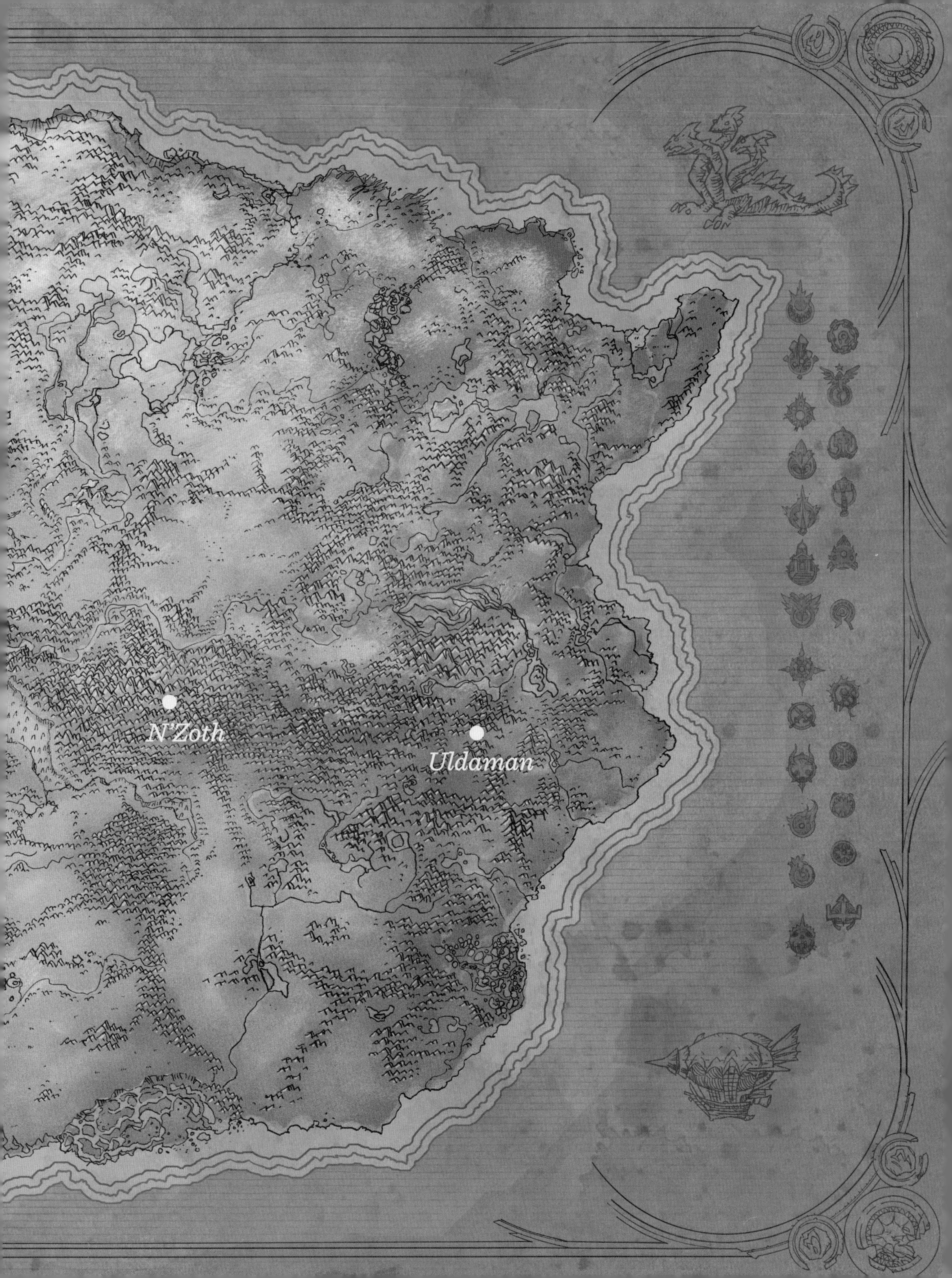

N'Zoth
Uldaman

O Ataque das Revoadas Dragônicas

Enquanto Tyr e o resto dos protodragões combatiam Galakrond, os outros guardiões finalmente despertaram de sua indiferença. Tarde demais, eles se deram conta da ameaça daquela monstruosidade corrompida. Sentiram-se inspirados pela determinação dos aliados alados de Tyr e tiveram vergonha da própria apatia. Tyr, porém, nunca criticou os outros guardiões. Em vez disso, convenceu-os a dar poderes aos cinco protodragões para que pudessem proteger as terras de Azeroth.

Apenas Odyn discordou dessa ideia. Embora ele reconhecesse o heroísmo dos protodragões, não achava que o destino de Azeroth devesse ser colocado sobre seus ombros. Odyn via Alexstrasza e os outros protodragões como formas de vida primitivas. Apenas os poderosos forjados pelos titãs eram dignos de proteger o mundo. Odyn argumentou que, como Primeiro Escolhido, a decisão final seria a sua.

Mas Tyr e os outros guardiões discordaram. Com atos de bravura e sacrifício pessoal, os protodragões haviam conquistado o direito de assumirem a posição de guardiões de Azeroth. A despeito dos constantes protestos de Odyn, os outros guardiões seguiram em frente com seus planos.

Depois que os protodragões derrotaram Galakrond, os guardiões viajaram até a tundra congelada onde havia sido travada a batalha final. Até mesmo Ra partiu do sul distante para participar da grande cerimônia que aconteceria. Agindo como canalizadores dos poderes de seus criadores, os guardiões reunidos transmitiram as bênçãos do Panteão para cada um dos protodragões.

O alto-guardião Ra canalizou os poderes de seu criador, Aman'Thul, para o protodragão Nozdormu. De todos os muitos poderes de Aman'Thul, Nozdormu foi abençoado com o domínio do próprio tempo. A partir de então, Nozdormu passou a ser conhecido como o Atemporal e dominou as trilhas entrelaçadas do destino.

A maternal e sempre misericordiosa Freya invocou sua criadora Eonar, para dar poder à protodragoa Alexstrasza. A partir de então conhecida como a Mãe da Vida, Alexstrasza se dedicaria de corpo e alma a cuidar do mundo vivo. Tendo provado sua coragem e sua compaixão nas batalhas contra Galakrond, ela foi coroada dragoa-rainha, e recebeu o comando sobre os outros dragões.

Freya também invocou Eonar para agraciar a irmã mais jovem de Alexstrasza, Ysera, com o poder sobre a natureza. Ysera foi encarregada de vigiar as florestas vicejantes de Azeroth desde o Sonho Esmeralda. Ligada a esse reino etéreo, ela mergulhou em um eterno transe, passando a ser conhecida como a Sonhadora.

O guardião Loken invocou seu criador, Norgannon, para conceder ao protodragão Malygos extraordinários poderes arcanos. A partir de então, Malygos seria chamado de o Tecencantos. Os infindáveis reinos de magia e de conhecimento arcano ficariam sob seu domínio, para partilhar, explorar e proteger.

Finalmente, o guardião Arkhaedas pediu a seu criador, Khaz'goroth, para conceder um pouco de seu enorme poder ao indômito protodragão Neltharion. A partir de então conhecido como o Guardião da Terra, Neltharion tornou-se encarregado das montanhas e das cavernas profundas da terra. Ele encarnou a força do mundo e por longas eras serviu como o maior amigo e confidente de Alexstrasza.

Investidos das energias do Panteão, os cinco protodragões se transformaram em imensas criaturas encantadoras. A pele de Nozdormu ganhou um tom bronzeado, como um mar de areia dourada cintilante. As escamas de Alexstrasza receberam um tom escuro e vibrante de vermelho. A forma esguia de Ysera ganhou um tom um verde vibrante para refletir sua nova ligação com a natureza, enquanto Malygos passou a exibir um tom de azul glacial, e suas próprias escamas irradiavam poderosas energias arcanas. A pele grossa de Neltharion ganhou um tom negro terroso.

A partir daquele dia, esses cinco seres extraordinários passariam a ser conhecidos como os Aspectos Dragônicos.

Os guardiões também buscaram criar novas espécies para ajudar os Aspectos Dragônicos a proteger o mundo. Esses seres serviriam aos Aspectos como consortes e aliados. Com esse objetivo, os guardiões alteraram magicamente centenas de ovos de protodragões. Deles sairiam criaturas nascidas à imagem dos Aspectos. Essa nova raça, conhecida como dragões, formariam cinco revoadas distintas: bronze, vermelha, verde, azul e negra.

Embora cada uma dessas revoadas servisse a um Aspecto Dragônico distinto, seriam todas unidas em seu dever de proteger Azeroth. Para fortalecer esse laço, os guardiões forjaram uma torre grandiosa em Kalimdor, ao norte, chamada Templo do Repouso das Serpes. Ela representaria o cerne da cultura dos dragões, um santuário onde poderiam se reunir e discutir suas atividades. Mas, acima de tudo, o Repouso das Serpes permaneceria como um símbolo de sua unidade.

Os guardiões, satisfeitos com seu trabalho, novamente desapareceram em seus refúgios, passando aos Aspectos a tarefa de supervisionar as criaturas vivas de Azeroth.

Odyn e o Levante dos Salões do Valor

Enquanto os outros guardiões conduziam suas cerimônias para fortalecer os Aspectos Dragônicos, Odyn refletia nos salões de Ulduar. Ele estava furioso por seus aliados terem agido contra seus desejos – os desejos do *Primeiro Escolhido*. Mais que isso, Odyn acreditava piamente que os Aspectos Dragônicos iriam fracassar em sua missão de proteger o mundo.

Pelo bem de Azeroth, Odyn decidiu cuidar da questão pessoalmente. Ele iria criar seu próprio exército de elite, um que pudesse invocar para proteger o mundo caso um dia fosse necessário. Para formar as fileiras dessa força de combate, Odyn escolheu os poderosos vraikal. Ele sempre admirara a coragem e a força inatas deles e os considerava, acima de todos os outros forjados pelos titãs, a expressão perfeita do espírito guerreiro.

Ao retornar a Ulduar, Tyr e os outros guardiões exigiram que Odyn abandonasse aqueles planos tolos. Mas suas palavras não tiveram efeito sobre o Primeiro Escolhido. Odyn estava determinado e inflexível em sua noção do que era certo. Convidou os outros guardiões a o ajudarem a criar seu exército, mas como nenhum se dispôs a unir-se a ele, Odyn anunciou que seguiria com o plano sozinho.

Odyn reservou uma das alas de Ulduar para servir como base para seu novo exército. Com a intenção de isolá-la do resto da fortaleza e dos outros guardiões, ele invocou Helya, a feiticeira forjada pelos titãs. Helya, a quem Odyn passara a ver como filha adotiva no decorrer das eras, teceu um grande feitiço para envolver a fortaleza do guardião. Depois, concentrando todo o seu poder, arrancou da terra o pedaço colossal de Ulduar e o ergueu no céu nublado. Aquela cidadela flutuante se tornaria conhecida como os Salões do Valor. Do alto de sua fortaleza, Odyn conclamou a todos os vraikal. Aqueles que provassem seu valor tendo mortes gloriosas em batalha voltariam a viver nos Salões do Valor. Seus espíritos seriam transportados para a fortaleza e receberiam novos corpos magníficos forjados na tempestade. Esses vencedores, chamados de Valarjar, seriam os guardiões superiores de Azeroth. Seus feitos permaneceriam para sempre nos corações de todos os forjados pelos titãs.

Tudo o que faltava era encontrar um modo de transportar os espíritos dos mortos até os Salões do Valor. Para isso, Odyn estudou as energias que permeavam as Terras das Sombras e, valendo-se desse conhecimento, transformou alguns vraikal em seres espectrais conhecidos como val'kyr. Esses servos fantasmagóricos viajariam entre as Terras das Sombras e o mundo físico, guiando as almas dos vraikal mais valorosos até os Salões do Valor. Mas aqueles que se tornassem val'kyr seriam amaldiçoados a viver como seres fantasmagóricos por toda a eternidade.

Nenhum vraikal quis se encarregar da missão sinistra de se transformar em um val'kyr, então Odyn decidiu que iria criar seus servos à força. Helya censurou-o pela intenção de transformar os forjados pelos titãs em escravos contra a vontade deles. A discussão entre Odyn e ela se tornou tão acalorada que os dois quase iniciaram uma batalha. No fim, Helya alertou que devolveria os Salões do Valor a Ulduar caso Odyn não mudasse de ideia.

O guardião considerou a desobediência de Helya uma ameaça não apenas a seus planos, mas à segurança futura do próprio Azeroth. Cego por seus devaneios sobre o que os Salões do Valor se tornariam, ele atacou a feiticeira, destruindo sua forma física e transformando seu espírito na primeira das val'kyren. Os uivos de dor e de raiva de Helya ecoaram pela superfície de Azeroth e penetraram no cerne das Terras das Sombras.

Essa transformação violenta iria amargurar Helya para sempre. Embora odiasse Odyn pelo que lhe fizera, viu-se obrigada a obedecer-lhe. Por ordem do guardião, ela se dedicou a forçar os vraikal a se tornarem as amaldiçoadas val'kyren.

Durante eras Helya e seus colegas val'kyr levaram as almas de heroicos vraikal aos Salões do Valor. A cidadela foi tomada por valarjar criados na tempestade. Odyn treinou e fortaleceu cada um desses guerreiros. Ele não sentia remorso por romper com os guardiões ou por transformar Helya na primeira val'kyr. Para Odyn, tudo o que ele havia feito fora pela segurança de Azeroth e em honra do grandioso Panteão.

Sargeras e a Traição

Os guardiões continuaram com suas obrigações em Azeroth, ignorando uma nova ameaça que ganhava forma nas áreas remotas da Grande Treva.

Sargeras, tendo rompido todos os laços com o Panteão, meditou, isolado, sobre o destino do universo. O medo de que os senhores do caos já tivessem corrompido outras almas-mundo o consumia. À medida que dúvida e desespero continuavam a distorcer cada pensamento do titã, ele tinha cada vez mais certeza de que a própria criação estava fadada ao fracasso. Finalmente, Sargeras concluiu que a única forma de poupar o universo era consumindo-o em chamas. Assim começaria sua grandiosa Cruzada Ardente.

Para levar a cabo essa cruzada, Sargeras precisava de uma enorme força de uma fúria voraz. Ele só conhecia um lugar onde poderia encontrar um poder como esse: Mardum, o Plano do Banimento.

Ao longo das eras, a prisão expandiu-se com o excesso de magia vil e demônios vingativos. Sua presença distorcera Mardum, transformando-o em uma região de pesadelo. Avalanches de energia vil bombardeavam sem cessar as muralhas da prisão, banhando os demônios cativos em um mar revolto de magia volátil.

Sargeras deixou de lado o que restava de apreensão e fez a prisão em pedaços, lançando seus habitantes odiosos na Grande Treva Infinita. A subsequente explosão de magia vil foi ainda mais poderosa do que o titã caído havia imaginado. Energias violentas envolveram Sargeras, subindo por suas veias e rasgando sua própria alma. Seus olhos explodiram em bolas de fogo esmeralda. Vulcões vis ganharam vida por toda a sua forma antes nobre, fragmentando sua pele e revelando uma fornalha interminável de ódio causticante.

Embora essas horrendas mudanças físicas acontecessem, a mente de Sargeras permaneceu concentrada em sua ideia fixa. Para impedir os senhores do caos de tomar posse da criação, a própria vida tinha de ser extinta.

Com o esfacelamento da prisão, os limites entre a Grande Treva e a Espiral Etérea também foram rompidos. Uma monstruosa bocarra celestial, iluminada por uma tempestade de fogo esmeralda, rasgara o tecido da realidade. Permaneceria por toda eternidade como uma cicatriz na criação, uma prova da loucura de Sargeras que se remoeria no universo.

Demônios de todas as formas e tamanhos passaram por essa fenda para o universo físico, uivando triunfantes com sua libertação. Sargeras dotou as massas ferozes de seu poder, e unificou-as em um inferno de magia vil. Embora muitos demônios houvessem apreendido as energias voláteis da Espiral Etérea, nenhum jamais experimentara o puro poder e fúria encontrados no vil de Sargeras. Algumas das criaturas ganharam tamanho e estatura. Outras sentiram sagacidade e inteligência brotando em suas mentes.

Àquela altura, Sargeras aprendera mais sobre a natureza dos demônios – incluindo como destruir seus espíritos de forma definitiva. Ele lhes ofereceu um pacto simples em troca do poder recém-descoberto dos demônios: lutar sob seu comando ou ser extintos. Não era uma decisão difícil.

Para derrotar os senhores do caos, Sargeras lançou seu novo exército, a Legião Ardente, sobre os inúmeros mundos da Grande Treva. Nunca antes as forças do mal haviam se reunido em tal número. Sargeras tinha poder suficiente para tornar qualquer forma de desobediência inimaginável. Ninguém sonharia em desafiá-lo, e mais importante, seus comparsas passaram a divertir-se no papel de agentes da extinção.

A Legião Ardente se lançou sobre seu primeiro mundo. Embora nele não houvesse nenhum titã em hibernação, era um mundo que fora organizado pelo Panteão em eras passadas. As forças de Sargeras incineraram a civilização mortal que ali habitava, eliminando dezenas de espécies conscientes. Quando o constellar que o Panteão encarregara de supervisionar o mundo chegou, o próprio Sargeras aniquilou o ser celestial.

Aggramar foi o primeiro a tomar conhecimento do destino do constellar. Ao receber mais notícias das atrocidades da Legião Ardente, ele saiu à caça daquele exército demoníaco. Aggramar chegou bem a tempo de testemunhar a Legião devastando mais um mundo, e viu o ser distorcido e envolto em fogo que a liderava, seu mentor e melhor amigo, Sargeras.

O titã ficou chocado. Exigiu uma explicação de Sargeras, mas o antigo defensor não lhe deu nenhuma satisfação, declarando apenas que sua Cruzada Ardente era a única forma de purificar o universo. Qualquer um que se colocasse contra ele, acrescentou, queimaria no fogo de sua Legião.

Sabendo que não conseguiria deter Sargeras com palavras, Aggramar desafiou seu antigo mentor para um único combate. E então, diante dos olhos atentos das massas de demônios, os dois maiores guerreiros que o universo conhecera se enfrentaram.

Aggramar logo se viu superado. Como todos os titãs, ele era especialmente suscetível à magia vil. Os violentos ataques de Sargeras destruíram suas defesas e o derrubaram em agonia. Em um último contra-ataque desesperado, Aggramar invocou todo o poder sob seu comando e atacou Sargeras.

Suas duas lâminas se chocaram, provocando uma furiosa explosão de poder vil e arcano. Quando a torrente de energias opostas finalmente se dissipou, Sargeras e Aggramar viram que as armas de ambos haviam sido destruídas.

Gravemente ferido pelo golpe, Aggramar se retirou da batalha e voltou para junto dos outros membros do Panteão. A descrença se apossou dos outros titãs quando tomaram conhecimento do que havia acontecido. A ideia de que seu mais confiável e nobre guerreiro havia se rendido às trevas abalou o cerne de sua fé. O Panteão não conseguia conceber como deter tal ameaça, mas todos concordaram em que não podiam deixar de agir. Então, preparado para a guerra, o poderio combinado do Panteão confrontou Sargeras e sua Legião Ardente perto de um mundo chamado Nihilam.

Aman'Thul se dirigiu a Sargeras, suplicando a ele que abandonasse aquela cruzada insana. Ele falou a Sargeras sobre Azeroth, uma alma-mundo nascente com mais potencial que qualquer outra que o Panteão já vira, um ser forte o bastante para derrotar os senhores do caos no momento certo. Sargeras escutou com atenção, mas não se convenceu.

A despeito de sua batalha anterior contra Sargeras, Aggramar acreditava que ainda restava algo nobre bem no fundo do coração dele. Em uma última tentativa, ele depôs suas armas e se aproximou do titã caído. Aggramar relembrou histórias de suas gloriosas batalhas contra os demônios, fazendo o antigo defensor se recordar dos votos sagrados que tinham feito de proteger a criação. Mas Sargeras estava determinado. Nada que o Panteão ou mesmo seu querido protegido dissesse o faria mudar de ideia.

Com um urro de fúria e tristeza, Sargeras derrubou Aggramar, quase o partindo em dois com sua lâmina vil arruinada.

Enfurecido com esse assassinato, que jamais poderia ter imaginado que aconteceria, o Panteão se lançou em um ataque completo a Sargeras e sua Legião Ardente. Estrelas definharam e morreram enquanto a batalha se desenrolava pelo cosmos, ferindo vastas extensões da realidade. Nihilam, depois conhecido como Mundo da Destruição, foi torcido e deformado pelo conflito apocalíptico. Os titãs do Panteão usaram poderes incompreensíveis para mentes mortais, embora nem mesmo eles conseguissem superar o poder vil alimentado por Sargeras.

O titã caído massacrou os membros do Panteão com fogo vil até dirimir a vontade deles de lutar. Para selar a derrota deles, Sargeras invocou uma gigantesca tempestade vil que iria consumir seus corpos e almas. No instante em que o violento disparo de energia se abatia sobre os titãs derrotados, Norgannon fez uma última tentativa de evitar a aniquilação.

Norgannon curvou as energias puras do universo à sua vontade, tecendo um manto protetor ao redor do espírito de cada um dos titãs do Panteão e os lançando na Grande Treva. Enquanto as almas desencarnadas dos titãs disparavam pelo cosmos, a tempestade vil de Sargeras eliminava o que restava de suas formas físicas.

Sem saber que os espíritos dos titãs haviam sobrevivido, Sargeras declarou a vitória da Legião Ardente. O Panteão deixara de existir, e agora ele tinha tentadoras pistas sobre uma poderosa alma-mundo chamada Azeroth. Porém, embora soubesse o nome desse titã nascente, seu paradeiro continuava a ser um mistério. De qualquer forma, sem o Panteão para se opor, ele sabia que mais cedo ou mais tarde iria encontrar a alma-mundo.

E ele sabia que teria de fazer isso antes que os senhores do caos o fizessem.

A Cruzada Ardente

A Legião Ardente triunfara sobre o Panteão, e Sargeras seguiu em frente, convocando ainda mais demônios para lutar com ele. Mas a batalha contra o Panteão havia revelado uma falha em seu exército aparentemente invencível – uma que ele estava determinado a solucionar.

A despeito do enorme poder e intelecto de Sargeras, ele não conseguia lançar todo o seu exército imediatamente. Demônios eram violentos e tinham sede de sangue, mas a maioria carecia de raciocínio estratégico. Grande parte da Legião tombara desnecessariamente diante do Panteão. Sargeras queria comandantes ardilosos e capazes de traçar estratégias lutando ao lado dele, e tinha visto um lugar onde poderia encontrar esses servos: um mundo chamado Argus.

Argus era lar dos eredar, uma raça superevoluída e muito mais inteligente que qualquer outra que Sargeras havia encontrado. Acima de tudo, os eredar tinham sede de conhecimento e acreditavam que tornando-se mais sábios poderiam transformar o universo em um lugar melhor e mais benévolo.

Um triunvirato de líderes governava os eredar, não por impor medo ou seu domínio, e sim por serem estudiosos das grandes questões do universo e partilhar as descobertas com o povo. O poderoso Arquimonde tinha o dom de descobrir as forças daqueles que o cercavam. Seu comportamento ousado inspirava os seguidores, dando-lhes a confiança e a coragem necessárias para enfrentar qualquer desafio. Kil'jaeden, o mais brilhante dos governantes, era considerado um prodígio mesmo entre os eredar. Inteligente e astuto, entretinha-se solucionando os mistérios mais intrincados do cosmos. Finalmente havia Velen, o coração espiritual do triunvirato. Era um incansável defensor da paz, cuja sabedoria conseguia solucionar qualquer conflito.

Cada integrante do triunvirato daria um excelente líder sozinho. Mas juntos, com seus pontos fortes agindo em sinergia, eles tinham elevado seu povo a alturas inimagináveis.

A grande coesão dos eredar era a solução ideal para as fraquezas da Legião. Mas, para fazê-los engajarem-se em sua causa, Sargeras teria de corrompê-los. Disfarçado como um ser radiante e elegante, ele foi conversar com o triunvirato eredar. Sargeras apelou aos desejos dos governantes, prometendo conhecimento e poder inimagináveis. Mostrou-lhes mundos incontáveis que poderiam dominar, lugares primitivos que os eredar poderiam transformar em santuários de paz e vida intelectual.

Jurou partilhar com os eredar não apenas os segredos mais obscuros da existência, mas também a resposta definitiva para o que acreditava ser a falha fundamental da criação. Em troca, os habitantes de Argus se dedicariam à obra grandiosa de Sargeras... E o ajudariam a solucionar aquela falha.

A oferta impressionou Arquimonde e Kil'jaeden, que se sentiram honrados de fazerem parte desse feito grandioso. Velen, contudo, não se convenceu. Ele tinha um pressentimento sobre aquela criatura bem--apessoada e muito bem-informada que aparecera diante deles.

Velen meditou usando um antigo artefato dado à sua raça pelos sagrados naarus muitos anos atrás – o cristal de ata'mal. Por intermédio da relíquia encantada, recebeu uma visão horrenda do futuro dos eredar caso se aliassem a Sargeras. Eles se deformariam em criaturas terríveis, transformados em seres demoníacos de uma crueldade sem limites.

Velen alertou seus irmãos para o que tinha visto, mas eles descartaram a visão e deixaram claro que pretendiam aceitar a oferta de Sargeras. Temendo que Arquimonde e Kil'jaeden o matassem caso insistisse, Velen fingiu aceitar. Embora Kil'jaeden e ele fossem grandes amigos, Velen não acreditava que a amizade deles fosse prevalecer sobre as promessas tentadoras de Sargeras.

Velen ficou desesperado com o destino de seu povo. Nesse momento, os mesmos seres que lhe tinham dado a visão da decadência dos eredar se aproximaram dele. Um dos naarus, K'ure, entrou em contato com o líder eredar e se ofereceu para levá-lo, ao lado de seus aliados mais confiáveis, a um lugar seguro. Tomado por uma nova esperança, Velen procurou os outros eredar nos quais acreditava que poderia confiar.

Enquanto Sargeras chegava a Argus para corromper aqueles eredar, que mal sabiam o que lhes esperava, Velen e seus seguidores partiram em uma fuga ousada. Eles embarcaram em uma enorme fortaleza dimensional naaru conhecida como Genedar e fugiram para sempre de seu mundo natal. A partir daquele dia, Velen e seus seguidores seriam chamados de os draenei, ou "exilados".

Em Argus, Sargeras curvou os eredar à sua vontade maligna. Sussurros vis, fanáticos, tomaram as mentes dos habitantes do mundo, embotando sua capacidade de raciocínio. Sargeras também inundou os eredar de energias vis, distorcendo suas formas para que se parecessem com demônios hediondos.

Sargeras logo percebeu como poderia usar seus novos convertidos corrompidos pelo vil. Os eredar se incorporaram à Legião Ardente como comandantes. Kil'jaeden e Arquimonde se destacariam entre eles como os mais brilhantes e poderosos.

Sargeras definiu a astúcia e o intelecto inatos de Kil'jaeden para que servissem aos desígnios da Legião. Conhecido a partir de então como "o Enganador", Kil'jaeden foi encarregado de usar sua argúcia para ludibriar as civilizações mortais do universo físico e transformá-las em integrantes da Legião Ardente.

Sargeras viu no talento de Arquimonde para motivar o povo eredar uma valiosa ferramenta para fortalecer a Legião Ardente. Arquimonde, que passaria a ser chamado de "o Profanador", usaria sua poderosa determinação para levar as massas demoníacas a atos de extrema violência e barbárie. Ele despertava e manipulava a força furiosa de todos aqueles que o serviam, transformando-os em armas de extermínio.

Sob a liderança dos eredar, as fileiras da Legião Ardente cresceram com novas raças demoníacas, vindas da Espiral Etérea e dos mundos da Grande Treva. Arquimonde fortaleceu os monstruosos lordes abissais e os recrutou para servir como máquinas de cerco vivas. Eles inspirariam terror em todos aqueles que encarassem. Os mo'arg, uma raça de demônios bem-equipada e muito produtiva, se tornaram os armeiros da Legião. Forjavam armas e equipamentos vis para sitiar os mundos do cosmos. Kil'jaeden também incorporou as dissimuladas súcubos para infiltrá-las em possíveis mundos a serem conquistados e reunir informações sobre suas civilizações. Os brutais demonarcas, guerreiros demônios de força e crueldade insuperáveis, formavam as tropas de choque da legião, enquanto os fervorosos shivarra se tornaram os principais místicos e conselheiros. Eles alimentaram uma lealdade fanática a Sargeras.

Fuga dos Draenei

A rejeição por Velen da visão grandiosa de Sargeras e sua fuga enfureceram Kil'jaeden. Embora os draenei tivessem desaparecido sem deixar vestígio, o Enganador jurou nunca deixar de caçá-los, buscando vingança pelo que considerava uma traição de Velen.

SARGERAS E A LEGIÃO ARDENTE

Essas criaturas malignas, entre muitas outras, aumentaram o poder da Legião Ardente. Satisfeito com a rápida expansão de seus esforços, Sargeras lançou os demônios na Grande Treva, dando novo vigor à sua Cruzada Ardente contra a criação.

Nas eras que se seguiriam, a Legião eliminaria da existência inúmeros outros mundos e civilizações.

A Traição de Loken

Enquanto isso, sem que Sargeras soubesse, as últimas brasas do poder do Panteão se aferravam à vida. Ainda que Sargeras tivesse destruído as formas físicas dos titãs, o grandioso feitiço de Norgannon preservara suas almas. Os espíritos desencarnados dos titãs dispararam pela Grande Treva na direção do mundo de Azeroth e seus guardiões. Lá, o Panteão esperava encontrar formas físicas em que pudesse habitar. Se eles não conseguissem encontrar esses receptáculos, os titãs temiam que seus espíritos enfraquecidos logo desaparecessem.

Ao chegar a Azeroth, os espíritos, exaustos, lançaram-se sobre os guardiões, que tinham sido criados pelas mãos do próprio Panteão. Os guardiões foram completamente sobrecarregados no instante em que os poderes dos titãs explodiram em suas mentes. Eles testemunharam lembranças fragmentadas de mundos distantes, de vidas nunca vividas e maravilhas nunca vistas. Mas tão rapidamente quanto chegara, essa onda de poder esmoreceu.

Os guardiões, ainda mantendo suas personalidades originais, ficaram intrigados com o estranho fenômeno. Eles sabiam que tinham recebido uma parcela do poder do Panteão, mas ignoravam que os últimos vestígios de seus amados criadores haviam inundado seus próprios corpos. Os servos, perplexos, apelaram ao Panteão buscando respostas, mas não foram atendidos. Diante daquele completo silêncio, os guardiões mergulharam em um longo período de confusão e desconforto.

O Deus Antigo Yogg-Saron, aprisionado sob Ulduar, sentiu essas emoções flutuantes. Nas eras que haviam se passado desde a Ordenação de Azeroth, uma consciência aguda havia despontado dentro da entidade. Yogg-Saron concebera um plano para enfraquecer seus carcereiros e fugir da prisão. Ele iria contaminar a matriz de criação da Forja da Vontade com uma estranha doença conhecida como maldição da carne. Qualquer forjado pelos titãs criado pela máquina a partir de então nasceria contaminado pelo mal, e alguns deles chegariam a levá-lo a gerações anteriores. Pouco a pouco, a maldição da carne transformaria muitos desses servos infectados em seres mortais de carne e osso – seres que o ardiloso Deus Antigo sabia que poderiam ser facilmente mortos.

Para pôr o plano em prática, Yogg-Saron se voltou para o guardião Loken. Dos guardiões de Ulduar, Loken fora quem ficara mais perturbado com o silêncio do Panteão. Yogg-Saron acossou-o com sonhos febris, avivando as chamas adormecidas de seu desespero. Mas, mesmo em seu estado de perturbação, Loken resistiu aos sussurros em sua mente. Sua queda viria de um lugar muito mais sutil.

Como Loken se entregava cada vez mais ao desespero, buscou consolo com uma vraikal chamada Sif, parceira de seu irmão, o guardião Thorim. Loken costumava encontrar-se com Sif para contar-lhe sobre seus mais soturnos medos. Com o tempo, um amor proibido nasceu entre os dois forjados pelos titãs.

Yogg-Saron distorceu o amor de Loken por Sif em uma obsessão perigosa. A relação deteriorou rapidamente em função do comportamento cada vez mais compulsivo de Loken. Ele falava cada vez mais em revelar a todos o amor que sentiam, algo a que Sif se opunha veementemente. Ela sabia que se Thorim descobrisse o romance entre eles, isso abalaria a unidade dos guardiões.

Ela finalmente rompeu todos os laços com Loken, exigindo que ele a deixasse em paz. Mas a ideia de perder Sif levou-o à loucura. Assim, em um ataque de raiva e ciúmes, ele se lançou sobre seu amor e a matou.

Embora arrasado pela culpa, Loken não conseguiu contar a Thorim o que havia feito. Em vez disso, buscou um modo de acobertar a morte de Sif. Foi nesse momento que o espírito dela surgiu diante de seus olhos.

Para grande surpresa de Loken, essa imagem de Sif o perdoou. Ela também o alertou para a necessidade de agir rapidamente, para que Thorim não descobrisse a verdade. Caso isso acontecesse, os forjados pelos titãs mergulhariam em uma guerra civil, e todas as promessas que Loken tinha feito ao Panteão seriam quebradas.

Loken ficou chocado com a sugestão indecorosa de Sif, uma característica que nunca havia percebido nela. Sentiu algo estranho naquele espírito diante dele: uma sombra invisível, sutil, mas discernível. No entanto, o medo de Loken superou esses pensamentos, e ele deixou de lado as dúvidas.

Por orientação de Sif, Loken arrastou o cadáver para o deserto gelado dos Picos Tempestuosos. Informou Thorim o que acontecera com sua companheira e convenceu-o de que Arngrim, rei dos gigantes do gelo, era o culpado. Arrasado pela dor, Thorim deixou-se levar por uma fúria irrefreável, massacrando Arngrim e muitos de seus seguidores. Esse acontecimento deflagrou uma guerra catastrófica entre os gigantes da tempestade de Thorim e os gigantes do gelo de Arngrim.

O espírito de Sif continuou a orientar Loken enquanto o conflito se desenrolava. Suas instruções se tornaram cada vez mais radicais e alarmantes, mas Loken ainda assim seguiu em frente. Ela o convenceu a construir seu próprio exército usando a Forja da Vontade, um que fosse grande o suficiente para proteger Ulduar da depredação pelos gigantes em guerra.

Loken foi até mesmo persuadido a punir seu irmão por iniciar a guerra. Ele atacou Thorim por permitir que a raiva guiasse suas emoções e por deflagrar um conflito tão terrível entre os forjados pelos titãs. Loken censurou ainda mais o irmão, alegando que a própria Sif sentiria vergonha se pudesse ver as coisas que ele tinha feito em nome dela. Essa amarga condenação deixou Thorim profundamente deprimido. Esmagado pelo arrependimento, ele abandonou Ulduar para isolar-se, definhando em sua solidão.

Com Thorim isolado, Loken usou seu exército recém-forjado para sufocar os gigantes e encerrar o conflito. Todos os que resistiram à sua vontade foram trancados em câmaras de estase.

Mas à medida que essas batalhas prosseguiam, Loken notou algo perturbador entre seus guerreiros. Uma doença soturna tomava seus espíritos. Então recorreu a Sif em busca de conselhos, mas dessa vez ela permaneceu em silêncio. O medo tomou conta do guardião quando se deu conta de que o espírito dela nunca existira realmente. Havia sido uma ilusão criada por Yogg-Saron.

Embora Loken não soubesse, o falso espírito de Sif também infectara a Forja da Vontade enquanto o guardião estava criando seu exército. A maldição da carne de Yogg-Saron se instalara no cerne da matriz de criação da máquina. Em seu egoísmo, Loken permitira que Yogg-Saron brincasse com ele como um ingênuo peão.

Essa descoberta abalou os últimos vestígios do coração nobre de Loken. Ele se tornou obcecado pela ideia de manter suas transgressões em segredo, mesmo se isso significasse apoiar o poder de Yogg-Saron. Com tanto poder à sua disposição, ele sabia que podia derrotar os guardiões remanescentes e destruir todas as evidências de seus erros.

O GUARDIÃO THORIM DESCOBRE O CORPO DE SUA COMPANHEIRA SIF

LACRANDO OS SALÕES DO VALOR

Loken percebeu que, se quisesse derrotar os outros guardiões, o primeiro passo seria neutralizar Odyn e seu poderoso exército valarjar. Mas um ataque direto à sua fortaleza flutuante, os Salões do Valor, seria impossível. Em vez disso, Loken optou por uma abordagem mais sutil. Ele apelou à filha adotiva de Odyn, a val'kyr Helya.

Durante milênios, Helya obedecera fielmente às ordens de Odyn, transportando para os Salões do Valor os espíritos de vraikal mortos. No entanto, ela alimentava um frio rancor em seu coração fantasma. Ela nunca perdoara Odyn por tê-la transformado em uma val'kyr sem seu consentimento. Helya sonhava com o dia em que poderia se vingar do que tinha sido feito a ela e aos outros vraikal que tiveram o mesmo destino.

Loken procurou Helya e aproveitou-se de sua raiva fervente e de seu sentimento de traição. Prometeu que romperia as correntes da servidão que a forçavam a seguir os desejos de Odyn. Em troca, ela isolaria para sempre os Salões do Valor do mundo. Depois Helya poderia assumir o papel de Odyn como guardiã de todos os espíritos vraikal. Seduzida pela oportunidade de saciar sua sede de vingança, ela concordou com os planos de Loken.

Depois que Loken devolveu-lhe o livre-arbítrio, Helya invocou os mesmos poderes que tinha usado para proteger o Plano Elemental em eras passadas. Colocou sob seu comando as energias arcanas que giravam em torno de Azeroth, lacrando os Salões do Valor com seus habitantes dentro. Odyn e seus poderosos valarjar lutaram desesperadamente para escapar da fortaleza flutuante, mas não conseguiram romper a barreira intransponível que Helya havia criado. Lá permaneceriam os valarjar e o guardião, presos nos corredores dourados dos Salões do Valor pelas próximas eras.

Libertada de sua vida de servidão, Helya fez um novo lar para si e para as outras val'kyren. Criou esse refúgio encantado bem abaixo dos Salões do Valor, ligando-o aos grandes mares de Azeroth. A névoa do oceano logo subiu em espiral para envolver o domínio de Helya e escondê-lo de vista. Conhecido como Helheim, esse reino se tornaria o destino final para muitos espíritos vraikal depois da morte.

GUARDIÕES DAS SOMBRAS

Nem todas as val'kyren continuaram a seguir Helya depois da derrota de Odyn. Alguns desses seres espectrais desapareceram nas Terras das Sombras. Os poucos que ainda tinham uma réstia de nobreza na alma se dedicaram a vigiar o mundo físico. Essas val'kyr, em certos momentos, guiariam os mortos das Terras das Sombras de volta à terra dos vivos.

Mas a escuridão que por muito tempo habitara o coração de Helya transformou Helheim em um lugar de pesadelo e sombras. As almas dos vraikal mortos que lá chegavam logo se viam transformadas em fantasmagóricos seres vingativos. Esses espíritos amaldiçoados eram os kvaldir. Eles se fundiram à nevoa do oceano, conectando-se ao subir e descer das marés. As eternas chamas de maldade e angústia que ardiam em suas almas levaram os kvaldir a assolar e saquear as costas de Kalimdor por toda a eternidade.

A Queda dos Guardiões

Com Odyn e seus valarjar isolados, Loken retornou a Ulduar. Ele acreditava que tinha muito tempo para orquestrar a queda dos outros guardiões, mas logo descobriu uma nova ameaça aos seus planos.

Mimiron começara a investigar estranhas anomalias nos novos forjados pelos titãs de Loken. O brilhante guardião desconfiava que algum defeito na Forja da Vontade era a causa das adulterações que havia observado. Antes que ele pudesse investigar essa teoria, Loken sabotou a oficina do guardião, matando-o no que pareceu um trágico acidente. Mimiron, contudo, não foi definitivamente destruído.

Os fiéis gnomecânicos de Mimiron descobriram que o espírito de seu mestre ainda vivia. Eles se apressaram a construir um gigantesco corpo mecânico para abrigar a alma do mestre, que enfraquecia. Esse ato heroico salvou Mimiron, mas ele nunca mais foi o mesmo. O contato com a morte afetou sua mente. Ele se isolou nas vastas oficinas de Ulduar e passou os dias perdido nas engrenagens de suas invenções mecânicas.

Sabendo que o destino de Mimiron levantaria suspeitas entre os outros guardiões, Loken enviou seu exército para neutralizar seus irmãos remanescentes. Primeiro ele confrontou Freya em seus domínios verdejantes nos Picos Tempestuosos, o Templo da Vida. Uma batalha foi travada entre os dois guardiões e seus seguidores, partindo o templo e sangrando suas preciosas energias vitais. Freya lutou com bravura contra seus inimigos, mas finalmente tombou perante Loken e os poderes soturnos que Yogg-Saron lhe concedera.

O próprio Yogg-Saron tirou proveito do estado de Freya e escravizou seu espírito fragilizado. O Deus Antigo obrigou a derrotada Freya a se retirar para os salões de Ulduar. Lá ela passaria seus dias desolados, cuidando de um amplo jardim no coração da fortaleza.

Enquanto Loken enfrentava Freya, outro grupo de seus forjados pelos titãs guerreava o poderoso guardião Hodir em seu abrigo, o Templo do Inverno. Dois gigantes de fogo chamados Ignis e Volkhan lideraram o ataque. Eles envolveram o templo em um inferno calcinante, roubando a força invernal de Hodir e dizimando seus seguidores de gelo. Depois, o próprio Loken chegou para subjugar Hodir, uma missão que cumpriu com facilidade.

Assim como tinha feito com Freya, Yogg-Saron deformou a mente de Hodir. A entidade obrigou o guardião a se retirar para uma câmara gelada dentro de Ulduar, onde permaneceria isolado durante milênios.

Dois dos guardiões remanescentes – Tyr e Arkhaedas – não foram vítimas das tramas de Loken. Tyr havia muito desconfiava que algo sombrio crescia dentro do guardião caído, uma suspeita que foi confirmada quando testemunhou o ataque a Hodir.

Mas Tyr não estava em condições de confrontar Loken diretamente. Legiões dos leais forjados pelos titãs do guardião caído espreitavam os Picos Tempestuosos e os salões de Ulduar. Sabendo que tinha pouca chance contra esse exército, Tyr levou Arkhaedas e sua grande amiga Ferronaya, uma gigante forjada pelos titãs, para a periferia dos Picos Tempestuosos. Entre as montanhas geladas eles esperaram e acompanharam o desenrolar dos golpes de Loken, planejando seus próximos movimentos.

Loken enviou suas forças para caçar Tyr e seus companheiros. Esses forjados pelos titãs vasculharam as montanhas e cavernas dos Picos Tempestuosos, mas nunca encontraram sua presa. Acreditando que Tyr e seus aliados haviam fugido da região, Loken declarou o domínio exclusivo de Ulduar. Em seguida, corrompeu as máquinas na fortaleza e as usou para ungir-se como Primeiro Escolhido de Azeroth. Também desativou a infectada Forja da Vontade e baniu muitos de seus servos para os Picos Tempestuosos. Por fim, isolou a extensa fortaleza de Ulduar.

Loken levou uma vida de arrependimento nos salões silenciosos de Ulduar. A despeito de tudo que havia realizado, ele sempre temeu que o Panteão ou sua sentinela, Algalon, um dia voltasse a Azeroth. Se isso acontecesse, iriam descobrir os horrendos crimes de Loken e puni-lo.

Mas, na verdade, a maior ameaça estava bem sob seus pés. Não mais sob os olhos vigilantes dos carcereiros de Ulduar, Yogg-Saron começou a se mover, lutando para se libertar de sua prisão inexpugnável.

O Desaparecimento de Ra

Enquanto lidava com os outros guardiões, Loken sempre esperou que Ra emergisse do limite sul de Kalimdor para investigar o que acontecia em Ulduar. Mas, para sua grande surpresa, o alto-guardião permaneceu em silêncio durante todos esses acontecimentos que mudaram o mundo.

Sem conseguir conter a curiosidade, Loken despachou um contingente de seu exército ao bastião distante de Uldum para investigar as atividades de Ra. Esses forjados pelos titãs nunca encontraram o alto-guardião desaparecido, mas souberam pelos mogu, tol'vir e anubisath locais que Ra desaparecera misteriosamente.

Esses encontros deixariam seu legado. Ao viajar para o sul, as forças de Loken disseminaram a maldição da carne entre muitos dos servos fiéis de Ra, sem tomarem conhecimento disso.

Sem que Loken e os forjados pelos titãs soubessem, Ra tivera uma revelação... Uma revelação tão terrível que o levara à reclusão. Quando o poder e as lembranças do Panteão haviam penetrado nos guardiões, Ra ficou confuso, assim como seus irmãos. Contudo, acabou concluindo que aquilo não era apenas uma situação atípica. Esse influxo de poder era o último vestígio dos espíritos do Panteão.

Não foi fácil aceitar que o Panteão caíra. Ra extraiu o poder remanescente de Aman'Thul de si mesmo e o guardou em uma fenda de montanha perto do que mais tarde seria chamado de Vale das Flores Eternas. Lá o alto-guardião esperava preservar o que restava de seu amado criador titã.

Ra então se recolheu às catacumbas sob a terra para meditar sobre o que havia descoberto. Com o alto-guardião desaparecido, seus leais forjados pelos titãs adotaram novos hábitos, que em nada se pareciam com os de seus parentes do norte. A maioria dos tol'vir se reuniu ao redor de Uldum, fazendo da fortaleza seu lar. A oeste, os anubisath continuaram sua missão sagrada de vigiar a prisão de C'Thun, enquanto os mogu permaneceram a leste, protegendo as câmaras e maquinários forjados pelos titãs enterradas.

A Guerra dos Hiberfel

Durante muitas eras depois da traição de Loken, os forjados pelos titãs que foram expulsos de Ulduar se espalharam pelo norte de Kalimdor. Aos poucos, os pesados gigantes se arrastaram para as montanhas e mares ao redor da região, desaparecendo de vista. Os feitos de terra abriram túneis até as profundezas do mundo, onde lutaram pelo domínio contra uma raça de criaturas selvagens e deformadas conhecidas como troggs. Muitos dos vraikal permaneceram sobre a terra, reunidos em pequenos clãs. Alguns desses grupos tornaram-se nômades, e percorriam a paisagem desolada do norte. Outros estabeleceram assentamentos na tundra arborizada da região.

Havia uma frágil paz entre esses grupos de forjados pelos titãs, mas isso não duraria muito tempo. Em dado momento, forças malignas se mobilizaram para dominar as terras antes protegidas pelos guardiões. Entre essas forças estavam duas das criações do próprio Loken: os selvagens gigantes de fogo Volkhan e Ignis.

Volkhan e Ignis consideravam os Picos Tempestuosos ao redor de Ulduar uma terra perfeita para ser conquistada. Mas eles precisavam de um exército para tomar a região. Para isso, os gigantes apelaram ao feroz clã de vraikal hiberfel.

Embora muitos vraikal fossem guerreiros por natureza, a maioria evitava confrontos diretos uns com os outros. Os hiberfel se provaram uma exceção. Esses vraikal tinham desenvolvido uma cultura de violência e agressão, principalmente porque acreditavam que um dia iriam ascender aos Salões do Valor. Eles cresciam no conflito, fosse entre membros de seu próprio clã ou com grupos próximos de forjados pelos titãs.

Volkhan e Ignis assumiram o controle dos hiberfel pela força e atiçaram as chamas de seu desejo de batalha. Os gigantes fortaleceram as peles metálicas dos hiberfel com armaduras encantadas, como também produziram armas poderosas feitas para romper a pele de ferro e pedra dos outros forjados pelos titãs.

Troggs e as Origens de Uldaman

Depois da guerra contra os Deuses Antigos, os guardiões usaram a Forja da Vontade para criar novos forjados pelos titãs que os ajudassem a reformar o mundo. Mas seus primeiros projetos se mostraram complexos e ambiciosos demais. Em vez de os servos perfeitos, eles tinham criado selvagens de pele de pedra conhecidos como troggs. Os guardiões rapidamente aperfeiçoaram seus projetos. A geração seguinte de forjados pelos titãs a sair da Forja da Vontade seria conhecida como os terranos.

Os guardiões ficaram perturbados com os troggs, mas não podiam suportar a ideia de destruí-los. Em vez disso, Ferronaya construiu uma pequena câmara subterrânea conhecida como Uldaman, que serviria como câmara de estase para os troggs. Alguns deles escaparam da prisão e vagaram pelo mundo recém--ordenado. Outros encontraram o caminho para o domínio da terra no Plano Elemental, Geodomo.

Assim que esse novo exército embarcou em sua grandiosa conquista, anomalias começaram a surgir nos hiberfel. A pele metálica dos vraikal se tornou fraca e quebradiça. Eles tinham começado a apresentar os primeiros sintomas da maldição da carne.

A despeito desse revés, Volkhan e Ignis não tinham intenção de desistir da campanha. Eles também sabiam que não podiam mais depender apenas dos hiberfel para alcançar a vitória. Para fortalecer o exército, Volkhan e Ignis moldaram poderosos golens fundidos e constructos de ferro projetados por eles mesmos.

Esse enorme exército hiberfel primeiro marchou ao encontro dos terranos de boa natureza, atacando suas moradias subterrâneas. Os terranos estavam totalmente despreparados para enfrentar uma força tão organizada e esmagadora. Cavernas inteiras foram massacradas, sem que uma única criatura viva fosse deixada para trás. Um pequeno grupo de sobreviventes escapou do massacre e buscou a ajuda de Tyr, Arkhaedas e Ferronaya, que até então tinham escapado da ira de Loken.

Furiosos com o que souberam, Tyr e seus companheiros imediatamente viajaram ao lar cavernoso dos terranos para ajudá-los. O próprio Tyr liderou os terranos mais corajosos em escaramuças contra os hiberfel, enquanto Arkhaedas e Ferronaya construíam defesas para impedir futuros ataques. Com o tempo, os terranos e seus aliados expulsaram os hiberfel de seus domínios.

Embora a tentativa de conquistar os Picos Tempestuosos houvesse falhado, Volkhan e Ignis não aceitaram a derrota. Retornaram às suas forjas causticantes e criaram um novo exército ainda mais grandioso. Não satisfeito apenas com golens e constructos, Volkhan e Ignis conceberam armadilhas encantadas para escravizar revoadas inteiras de protodragões. Essas criaturas não serviriam de montarias, mas de animais de guerra. Os gigantes dotaram seus servos alados de armas de fogo para instilar o terror nos corações dos terranos.

O ataque brutal seguinte dos hiberfel destruiu as defesas dos terranos e os expulsou de seu refúgio. Eles se dispersaram pelos desfiladeiros nas montanhas geladas, mas não conseguiram escapar dos inimigos. Vraikal e golens caçaram os terranos na superfície, enquanto protodragões os atacavam do alto do céu. Até mesmo Tyr, Arkhaedas e Ferronaya foram obrigados a fugir da fúria dos hiberfel.

Sabendo que ele e seus aliados não conseguiriam derrotar os hiberfel sozinhos, Tyr pediu a ajuda dos cinco Aspectos Dragônicos. Os nobres Aspectos ficaram furiosos ao ver tantos forjados pelos titãs mortos. Sua fúria aumentou ainda mais ao saber que protodragões haviam sido escravizados. Sem hesitação, os Aspectos decolaram e lançaram seus poderes sobre as fileiras de ferro dos hiberfel.

Bem como tinham feito na luta contra Galakrond, os Aspectos trabalharam em conjunto para suplantar o exército vraikal. Alexstrasza conteve os hiberfel com enormes paredes de fogo encantado. Malygos drenou a essência mágica que alimentava os constructos e os golens, tornando-os inúteis. Também partiu as armadilhas mágicas que prendiam os protodragões para libertá-los. Neltharion ergueu montanhas da terra para encurralar e conter os vraikal e seus mestres gigantes. Finalmente, Ysera e Nozdormu combinaram seus poderes para criar um feitiço que daria um fim decisivo ao conflito.

Ysera e Nozdormu envolveram os hiberfel em uma névoa densa que fez com que os forjados pelos titãs adormecessem. Incapacitadas, essas criaturas foram trancadas em cidades-tumba por todo o norte de Kalimdor. Elas não conheceriam o sono pacífico do Sonho Esmeralda. Em vez disso, permaneceriam presas em uma hibernação sem tempo nem consciência por milhares e milhares de anos.

Nos milênios seguintes, a maldição da carne continuaria a corromper os vraikal hiberfel adormecidos. Quando finalmente acordaram, quase todos eles descobriam que haviam degenerado para criaturas mortais de carne e osso.

OS DISCOS DE NORGANNON

Uma vez derrotados os hiberfel, o guardião Tyr finalmente voltou as atenções para Loken. Enquanto Ulduar permanecesse lacrado e os forjados pelos titãs estivessem divididos, mais conflitos surgiriam. Tyr chegou à amarga conclusão de que, se não agisse contra Loken, Azeroth mergulharia em um abismo de guerra e caos.

Mas derrubar Loken demandaria anos de preparação. Tyr e seus aliados, Arkhaedas e Ferronaya, concluíram que tudo precisariam primeiro reunir informações sobre Loken e suas atividades. Com esse objetivo, conceberam um plano para roubar os Discos de Norgannon do coração de Ulduar. As relíquias registravam tudo que acontecia em Azeroth, incluindo a traição de Loken. Se houvesse alguma esperança de desfazer os danos causados pelas suas tramas, ela estaria no estudo cuidadoso de suas ações.

Tendo concebido um artifício para tomar posse dos discos, Tyr viajou até os portões do próprio Ulduar. Lá, ele conclamou Loken a abrir mão do controle da fortaleza pelo bem de Azeroth, ameaçando graves consequências caso se recusasse. Loken saiu da fortaleza para convencer Tyr de que medidas menos drásticas seriam suficientes. Então os dois guardiões travaram uma discussão feroz, exatamente como Tyr esperava. Enquanto Loken estava distraído, Arkhaedas e Ferronaya penetraram em Ulduar e roubaram os Discos de Norgannon.

De posse dos discos, Tyr e seus companheiros retornaram aos penedos e cordilheiras gelados dos Picos Tempestuosos. Eles sabiam que Loken logo iria caçá-los, então se prepararam para viajar rumo sul, onde esperavam encontrar um refúgio para planejar o movimento seguinte.

Antes de partir, Tyr e seus aliados reuniram um grande número de forjados pelos titãs que viviam ao redor de Ulduar. Um grande grupo de vraikal pacíficos afligidos pela maldição da carne, a maioria dos terranos sobreviventes e muitos dos gnomecânicos concordaram em participar da viagem. Tyr, Arkhaedas e Ferronaya consideravam esses forjados pelos titãs vítimas inocentes da traição de Loken, e prometeram garantir a eles um santuário antes de libertar Ulduar. Os refugiados viajaram durante muitas semanas, acreditando ter escapado de Loken.

Loken foi tomado pelo pânico quando descobriu que os Discos de Norgannon haviam sumido. Se os discos chegassem a Algalon ou ao Panteão, a vida dele estaria perdida. Tomado pelo desespero, voltou-se para as únicas criaturas que sabia serem poderosas o suficiente para deter o poderoso Tyr e recuperar os discos: antigas monstruosidades C'Thraxxi chamadas Zakazj e Kith'ix.

Zakazj e Kith'ix tinham servido como os mais impiedosos e astutos generais C'Thraxxi do Império das Trevas. Muito tempo antes, os guardiões os haviam enclausurado em câmaras subterrâneas, juntamente com muitos dos outros n'raqi e com os Deuses Antigos. Loken reuniu forças gigantescas para cavar as tumbas desses C'Thraxxi e trouxe Zakazj e Kith'ix de volta à vida. Ordenou que as colossais abominações matassem Tyr e todos os que o seguissem. Sentindo que a influência de Yogg-Saron persistia na mente de Loken, os dois C'Thraxxi obedeceram prontamente.

Bem ao sul, em uma clareira tranquila e temperada, Zakazj e Kith'ix alcançaram os guardiões em fuga e seus seguidores. Temendo pelas vidas de seus aliados, Tyr ordenou que Arkhaedas e Ferronaya liderassem o restante dos forjados pelos titãs mais adiante. Enquanto isso, ele deteria os C'Thraxxi pelo tempo que conseguisse.

Apenas uma leve sombra do antigo poder de Aggramar permanecia na forma de ferro de Tyr, mas o espírito nobre do titã não perdera o vigor. Tyr não iria recuar, não quando as vidas de inocentes corriam perigo.

Enquanto ele detinha os C'Thraxxi, correntes de energias tanto arcanas quanto sombrias circulavam pela clareira, antes pacífica. A luta violenta entre o guardião solitário e os C'Thraxxi durou seis dias e seis noites. Em todo esse tempo, Tyr nunca cedeu espaço, assim como seus inimigos. Dominando-se pelo cansaço, Tyr decidiu se sacrificar para proteger os amigos. Ele lançou o que restava de seu poder sobre os C'Thraxxi, despendendo toda sua força vital em uma explosão ofuscante de energia arcana que abalou os alicerces do mundo.

Ao sul, Arkhaedas e Ferronaya viram a erupção de magia iluminar o horizonte. Depois que as energias voláteis se dissiparam, os dois forjados pelos titãs se arriscaram a voltar ao local da batalha. Lá, dentro de uma cratera gigantesca que estalava com energia arcana, eles encontraram os corpos sem vida de Tyr e Zakazj.

Embora as probabilidades fossem mínimas, o protetor da justiça quase matara os dois C'Thraxxi. O sobrevivente, Kith'ix, escapara por pouco do massacre vingativo de Tyr. Gravemente ferido, o C'Thrax fugira às cegas para oeste, e não voltaria a ser visto por milhares de anos.

Em homenagem ao camarada, Ferronaya batizou a clareira que cercava a cratera de "Queda de Tyr", que na língua vraikal foi traduzido para "Tirisfal". Ela e seus seguidores enterraram Tyr e seu inimigo onde haviam tombado. Colocaram a enorme mão de prata de Tyr no alto do recinto de seu descanso final, como um monumento ao seu valoroso sacrifício.

Embora todos os refugiados carregassem a história do nobre sacrifício de Tyr, os vraikal em particular se sentiram compelidos a fazer algo mais. Eles ficaram tão comovidos com os feitos do guardião que decidiram se assentar no local da batalha e permanecer em vigília sobre o túmulo de Tyr até o fim dos seus dias.

Arkhaedas e Ferronaya honraram os desejos dos vraikal de se instalar na terra de Tirisfal. O guardião e a gigante continuaram seguindo para o sul levando os terranos e os gnomecânicos. Eles finalmente pararam na câmara forjada pelos titãs mais a leste em Kalimdor: Uldaman. Arkhaedas e Ferronaya escavaram novas câmaras para guardar os Discos de Norgannon e juraram proteger a história de Azeroth com as próprias vidas.

Com o passar dos anos, alguns dos terranos começaram a apresentar sintomas da maldição da carne. Muitos desses forjados pelos titãs temiam que os efeitos fossem apenas piorar, então pediram para ser colocados em hibernação até o dia em que uma cura fosse ser descoberta. Arkhaedas concordou, prometendo despertá-los em algum momento no futuro. Ele confinou seus seguidores nas vastas câmaras subterrâneas dentro de Uldaman.

Os gnomecânicos, contudo, permaneceram despertos. Embora soubessem que a maldição também iria acometê-los um dia, eles heroicamente juraram vigiar Uldaman e cuidar de seu maquinário assombroso.

O Sacrifício de Tyr

Os mortais que iriam um dia habitar a região de Tirisfal sentiriam duas energias conflitantes emanando da terra: a essência espiritual remanescente do guardião Tyr e aquela de seu inimigo Zakazj. Alguns beberiam da energia de Tyr; outros ficariam sintonizados com a aura sombria do C'Thrax.

A MÃO DE PRATA DE TYR E SEUS ZELADORES VRAIKAL

No distante Ulduar, Loken ficou desesperado ao tomar conhecimento de que seus C'Thraxxi tinham fracassado em matar os inimigos. Ele supôs que, com o poderoso Tyr morto, Arkhaedas e Ferronaya não tentariam um ataque direto a Ulduar. Mas os Discos de Norgannon ainda representavam uma ameaça. Roubar ou destruir os artefatos não era mais uma possibilidade, pois Arkhaedas e Ferronaya poderiam facilmente isolar Uldaman de intrusos.

Em vez disso, Loken tentou substituir os Discos de Norgannon por um arquivo projetado por ele mesmo, um que apelidou de Tribunal das Eras. Ele ajustou a seu gosto os acontecimentos históricos contidos nesse novo suporte e omitiu seus pecados do registro. Embora acreditasse ter feito um bom trabalho, seu arquivo se mostrou falho. As histórias guardadas nele estavam distorcidas até mesmo além da compreensão de Loken.

Loken então tomou uma última medida drástica para impedir uma vingança de Arkhaedas e Ferronaya. Ele acreditava que seus inimigos iriam um dia invocar o constellar Algalon e, para impedir que isso acontecesse, alterou os equipamentos de comunicação com os titãs em Ulduar. Isso garantia que nenhuma criatura viva seria capaz de entrar em contato com Algalon. Apenas a morte do próprio Loken levaria o constellar a Azeroth. Ele acreditava que sua derrocada se daria pelas mãos de Arkhaedas e Ferronaya. Caso fosse assim ele tinha certeza de que Algalon se vingaria por ele, eliminando todas as criaturas vivas da superfície de Azeroth.

Filhos de Gigantes: A Ascensão da Humanidade

Com os hiberfel adormecidos em suas câmaras profundas e muitos dos terranos confinados em Uldaman, os clãs vraikal remanescentes dominaram as terras do norte de Kalimdor. Com o passar das eras, duas distintas culturas floresceram. Desenvolveram identidades e costumes próprios à medida que se espalhavam pelo norte inóspito.

Um dos clãs mais poderosos a ascender foi o Esfola-dragão. Como aconteceu com os hiberfel, esses vraikal perceberam que suas peles de ferro estavam se transformando em carne com o passar do tempo. A princípio, os líderes do clã buscaram compensar a perda de força escravizando os antigos protodragões, assim como os hiberfel tinham feito nos séculos anteriores.

Mas, diferentemente dos hiberfel, os Esfola-dragão não consideravam os protodragões simples feras de guerra. Eles fizeram dos temíveis dragões seus companheiros de caça, e também os usavam como montarias de batalha. Com o tempo, esses protodragões se tornaram parte da cultura do clã. Eram também uma arma necessária contra o inimigo mortal dos vraikal, uma raça feroz de homens-urso chamados jalgar, ancestrais dos modernos pelursos.

Sob o reinado de Ymiron, o clã Esfola-dragão finalmente superou seus inimigos. Em uma ofensiva coordenada, os vraikal atacaram e expulsaram os jalgar para as exuberantes florestas centrais de Kalimdor. Mas logo após a vitória se abateu a tragédia. A maldição da carne manifestou-se de outra forma.

As mulheres Esfola-dragão começaram a dar à luz pequenas crianças malformadas – um desdobramento que disseminou medo e superstição no clã. Alguns dos vraikal até mesmo culparam Ymiron pela moléstia, mas o rei tinha sua própria opinião sobre quem era o responsável. Para ele, os míticos guardiões estavam por trás da maldição da carne.

Os guardiões, que muitos vraikal consideravam seus criadores divinos, não tinham sido vistos nem se ouvira falar deles havia gerações. Ymiron convenceu seu povo a abrir mão dos silenciosos e superiores guardiões, que claramente os haviam abandonado à maldição da carne. Prometeu unir *todos* os vraikal sob seu estandarte. Como primeiro decreto, Ymiron ordenou que seus seguidores purificassem o clã destruindo todas as crianças deformadas.

Muitos dos Esfola-dragão obedeceram às ordens brutais de Ymiron. Alguns, contudo, não conseguiram se obrigar a assassinar crianças inocentes. Buscaram esconder seus filhos em um lugar lendário, uma terra no extremo sul para onde um clã perdido de vraikal teria viajado com Tyr, Arkhaedas e Ferronaya.

Alguns Esfola-dragão se aventuraram rumo sul, levando seus minúsculos recém-nascidos em busca desse refúgio de conto de fadas. Da maioria deles nunca se ouviu falar, mas outros encontraram o caminho. Com o coração partido, eles deixaram seus amados filhos e filhas aos cuidados dos vraikal que habitavam Tirisfal.

Nas eras que se seguiram, as crianças doentes e seus descendentes continuariam a degenerar em seres mortais chamados humanos. Muitos dos outros forjados pelos titãs teriam destino similar, como os gnomecânicos, tol'vir, mogu e gigantes. Pouquíssimos dos servos dos guardiões venceriam a doença. Assim como Yogg-Saron esperara, a maldição da carne enfraqueceria os forjados pelos titãs. Mas também permitiria o surgimento de qualidades mortais indispensáveis que o Deus Antigo não tinha previsto: coragem, determinação e heroísmo.

Ignorando que essas características poderosas iriam um dia definir o destino do mundo, Yogg-Saron e os outros Deuses Antigos se concentraram em escapar de suas prisões. A liberdade, porém, iria demorar milhares de anos para ser alcançada.

Nesse ínterim, mais perigos imediatos agitavam o cerne exuberante de Kalimdor. Um novo poder – uma raça nativa selvagem nascida nas primeiras eras do mundo – estava em ascensão. Eles chamavam a si mesmos de trolls, e não iria demorar para que tomassem conhecimento das entidades malignas aprisionadas debaixo da terra.

Os Esfola-dragão e o Longo Sono

Os Esfola-dragão lutaram para se livrar da maldição da carne de diversas formas. A despeito de todos os seus esforços, permaneceriam abalados e enfraquecidos pela doença. Esses vraikal iriam finalmente se colocar em estado de hibernação, na esperança de deter a evolução da doença.

ZIN-AZSHARI,
A CAPITAL DOS ELFOS NOTURNOS

CAPÍTULO III

KALIMDOR ANTIGO

CAPÍTULO III
KALIMDOR ANTIGO

O IMPÉRIO DE ZUL E O DESPERTAR DOS AQIR
DEZESSEIS MIL ANOS ANTES DO PORTAL NEGRO

Geração após geração, a vida floresceu por todo o mundo organizado de Azeroth. Em nenhum lugar isso foi mais evidente que nas florestas densas ao redor da Nascente da Eternidade. A fonte do sangue vital arcano de Azeroth acelerava os ciclos de crescimento e renascimento. Em pouco tempo, seres conscientes evoluíram das formas de vida primitivas da terra.

Entre os primeiros e mais prolíficos estavam os trolls, uma raça de selvagens caçadores-coletores que floresceram nas matas e florestas de Azeroth. Embora os trolls tivessem inteligência apenas mediana, sua agilidade e força eram inacreditáveis. Sua fisiologia única lhes permitia se recuperar de ferimentos físicos com rapidez assombrosa, e, com o tempo, conseguiam até mesmo regenerar membros inteiros.

Os primeiros trolls desenvolveram uma ampla gama de costumes supersticiosos. Alguns praticavam canibalismo e se dedicavam à guerra. Outros poucos buscavam o conhecimento por intermédio de práticas místicas e meditação. E havia os que aperfeiçoavam seus laços com uma forma de magia negra poderosa conhecida como vodu. Mas não importavam seus distintos hábitos, o que todos os trolls partilhavam era uma religião comum que girava em torno dos misteriosos Deuses Selvagens de Kalimdor. Eles chamavam esses seres poderosos de "loa", e os adoravam como divindades.

Os trolls agrupavam-se perto de uma série de picos e platôs no sul de Kalimdor, pois esse era o lar de muitos de seus idolatrados loa. Deram à cordilheira sagrada o nome de Zandalar, e logo construíram em suas encostas pequenos acampamentos.

O grupo mais poderoso dentre eles era a tribo de Zandalar. Seus integrantes ocupavam quase todos os mais altos platôs da cordilheira, acreditando serem terrenos sagrados. Eles construíram nos picos mais altos um pequeno conjunto de santuários simples, que, com o tempo, se transformaram em uma movimentada cidade sagrada conhecida como Zuldazar.

ZULDAZAR, A CAPITAL DOS TROLLS ZANDALARI

Ao longo dos séculos seguintes surgiram outras tribos buscando tomar território e poder dos zandalari. As mais notáveis delas foram as dos temíveis gurubashi, amani e drakkari. Os gurubashi e os amani em particular desejavam enormes extensões de terras nas selvas e florestas exuberantes de Kalimdor. De vez em quando, as tribos entravam em choque, frequentemente por áreas de caça. Mas grandes conflitos eram raros e geralmente não duravam muito tempo. Os trolls eram combatentes tão habilidosos e ferozes que qualquer conflito de verdade custaria muito aos dois lados. Havia muita terra virgem em todas as direções, e as diferentes tribos logo descobriram que era mais sábio emigrar do que arriscar guerras.

Apenas um local era proibido pelos curandeiros e sacerdotes das tribos. Um pequeno monte de pedras enegrecidas no sopé das Montanhas Zandalar. Os loa preveniram os místicos das tribos de graves consequências caso perturbassem aquelas pedras negras. E por muitos anos nenhum troll ousou desobedecer.

Mas, um dia, a curiosidade foi mais forte.

Um grupo de trolls rebeldes investigou o monte proibido. Eles descobriram que as pedras negras não eram simples rochas – eram a pele irregular de uma criatura monstruosa. Nenhum dos trolls jamais tinha visto nada como aquilo. Acreditaram que fosse um loa desconhecido e muito poderoso, considerando que os outros espíritos tinham medo dele. Os trolls realizaram rituais ignóbeis e sacrificaram seres vivos para despertar a monstruosidade adormecida.

Despertado pelas oferendas de sangue, um gigantesco general C'Thraxxi despertou de sua longa hibernação e massacrou impiedosamente todos aqueles que o tinham revivido. Os trolls não sabiam que aquele era Kith'ix, o ser que sobrevivera ao encontro com o guardião Tyr. Gravemente ferido, o C'Thrax fugira para sudoeste, chegando ao que ficaria conhecido como Montanhas Zandalar antes de mergulhar em uma hibernação profunda. Abalados com sua presença, os antigos loa que habitavam a região haviam enterrado Kith'ix sob a terra para que nenhuma outra criatura o perturbasse.

O C'Thrax despertado viu a civilização troll com desprezo, pois não passava de uma sombra pálida do Império das Trevas de eras anteriores. Kith'ix sabia que os Deuses Antigos iriam adorar ver aquela civilização lamentável reduzida a cinzas. O C'Thrax conectou-se com sua mente e descobriu uma raça de criaturas que podia controlar, os aqir. Nas eras depois da queda do Império das Trevas, esses insetoides tinham permanecido escondidos em pequenas tocas e túneis sob o solo.

Kith'ix reuniu os enxames de aqir, incitando-os a guerrear e estabelecer seu domínio sobre Azeroth mais uma vez. À medida que o C'Thrax aumentava seu poder e se recuperava, os insetoides começaram a construir um vasto império subterrâneo conhecido como Azj'Aqir. Kith'ix pacientemente observou e esperou enquanto as fileiras dos aqiri aumentavam. Quando chegou o momento certo, o C'Thrax extraiu os insetoides de seu império subterrâneo e eles se espalharam pela terra.

A experiência dos trolls como caçadores fazia deles inimigos formidáveis, mas a ameaça dos aqiri era diferente de qualquer coisa que já haviam enfrentado. Muitas tribos menores tombaram diante das implacáveis legiões insetoides.

Vendo os aqir aproximarem-se cada vez mais das Montanhas Zandalar, os zandalari agiram. Eles uniram as tribos trolls em uma única força poderosa, que chamaram de Império Zul. Os integrantes dessa sociedade recém-formada deixariam de lado suas diferenças e trabalhariam juntos para destruir os aqir.

Os zandalari assumiram o posto de comandantes dos exércitos trolls. De sua cidade sagrada no alto das montanhas, eles podiam identificar os movimentos do inimigo e dirigir ataques aos pontos fracos. Sob a orientação dos zandalari, os outros trolls usavam táticas de emboscada nas selvas próximas para desfalcar os inimigos. Em outros pontos, sacerdotes respeitados invocaram os loa para os aqir. Esses ferozes Deuses Selvagens lutaram ao lado dos guerreiros trolls, penetrando nas fileiras dos aqiri até chegarem a atingir Kith'ix.

Os aqir foram forçados a recuar antes que conseguissem estabelecer um cerco completo às montanhas sagradas. Kith'ix, gravemente ferido pelos loa, fugiu para nordeste com um contingente de seus seguidores aqiri mais próximos. Lá ele planejava recuperar as forças enquanto os insetoides sustentavam a guerra aos trolls.

Embora tivessem expulsado os aqir, os zandalari sabiam que seu inimigo ainda representava uma grave ameaça. Se não fossem detidos, os insetoides atacariam territórios trolls distantes.

A pedido dos zandalari, as outras tribos partiram para caçar os aqir. Os trolls logo descobriram que matá-los não era o suficiente. Se aqiri fugissem para baixo da terra, estabeleceriam uma nova colônia e se ergueriam novamente. Para cortar o mal pela raiz, nenhuma parte do território poderia ser negligenciada. Assim, os zandalari convenceram as facções trolls mais sedentas de poder, como os amani, gurubashi e drakkari, a erguer novas fortalezas por todo o Azeroth. Após derrotar os aqir, poderiam se apossar das novas terras férteis, sem qualquer concorrência.

As tribos ambiciosas prontamente concordaram. Os drakkari se lançaram contra uma colônia de aqir no norte gelado, mas os trolls se depararam com uma arma que não tinham previsto: tol'vir corrompidos. Um pequeno grupo de forjados pelos titãs que vivia na periferia de Ulduar havia sido capturado e enfeitiçado pelos aqir. Esses ferozes tol'vir de pedra, conhecidos como "destruidores de obsidiana", quase dominaram os drakkari. Mas anos de batalhas haviam transformado os trolls da tribo em combatentes astuciosos, e eles conceberam formas brilhantes de derrubar e estraçalhar seus inimigos.

Os gurubashi também encontraram forjados pelos titãs corrompidos. Esses trolls haviam partido para o sudoeste, onde os aqir tinham tomado Ahn'Qiraj, o complexo prisional que abrigava o Antigo Deus C'Thun. Após penetrar na fortaleza, os insetoides tinham escravizado os gigantes anubisath que guardavam a prisão.

Os primeiros combates entre os gurubashi e os aqir foram desastrosos para os trolls. Os insetoides e seus poderosos anubisath massacraram vários grandes acampamentos gurubashi. Depois os zandalari orientaram sacerdotes gurubashi a dividir a tribo em grupos de ataque menores e mais ágeis, em vez de grandes exércitos. Essa nova tática permitiu que os trolls atormentassem os aqir em ataques constantes, extorquindo os exércitos insetoides por anos a fio. Embora nunca tivessem conseguido eliminar completamente os aqir, os gurubashi tomaram o controle da região.

Enquanto isso, os amani empenharam-se em destruir Kith'ix. Eles seguiram a trilha do C'Thrax até as florestas do nordeste, abrindo caminho entre uma massa interminável de guardiões aqiri. Em uma última batalha selvagem, a tribo inteira se lançou em um ataque suicida a Kith'ix e seus comparsas insetoides. Poucos do exército troll sobreviveram, mas, ainda assim, o C'Thrax sucumbiu a seus caçadores incansáveis.

Embora o preço tivesse sido alto, a reputação temível dos amani se tornou lendária entre as outras tribos. No alto do local onde tinham matado Kith'ix, os trolls criaram um novo assentamento. Ele um dia viria a ser a extensa cidade sagrada de Zul'Aman.

Com o fim de C'Thrax os aqir já não combatiam com a mesma ferocidade ou determinação. A guerra entre os trolls e os aqir mudou drasticamente, e o novo imperativo troll passou a ser exterminar os aqir.

Após muitos séculos de lutas brutais, os trolls estraçalharam o império aqir, contendo os insetoides no norte distante e no extremo sul do continente. O centro de Kalimdor ficou livre para sempre dos aqir. Os que sobreviveram reforçaram suas colônias subterrâneas contra novas agressões dos trolls. Não demonstraram mais interesse em lutar. Com o tempo, os trolls se proclamaram vitoriosos.

Os Nerubianos, Qiraji e Mantídeos

Três culturas distintas surgiriam do império aqir. Os insetoides do norte se reuniram perto da prisão subterrânea de Yogg-Saron. Pela proximidade do Deus Antigo, esses aqir gradualmente evoluiriam para uma raça chamada de nerubianos. Seu reino ficaria conhecido como Azjol-Nerub.

Os aqir do sudoeste estabeleceriam seu lar em Ahn'Qiraj, o complexo carcerário conquistado de C'Thun. No decorrer do tempo, a presença maligna do Deus Antigo lentamente distorceria as forças dos aqir, transformando-os em uma raça conhecida como qiraji.

Os aqir do sudeste se reuniram onde a essência de Y'Shaarj ainda contaminava a terra. Esses insetoides acabariam por se transformar nos mantídeos. Antes mesmo da queda do império aqir eles estabeleceriam a grandiosa colônia de Manti'vess no Vale das Flores Eternas.

Sem uma guerra para uni-las, as facções trolls se tornaram cada vez mais distantes e isoladas. As extensas fortalezas das diferentes tribos se transformaram em lares vibrantes, cidades sagradas e finalmente impérios. Os zandalari se retiraram para seus platôs nas montanhas buscando conhecimento espiritual, mas sempre manteriam uma enorme influência sobre as diferentes sociedades trolls.

O Ciclo dos Mantídeos

Nos estágios posteriores da guerra contra os trolls, surgiu um enclave de aqir no limite sul de Kalimdor. Sob as raízes das grandiosas árvores kypari eles estabeleceram um novo império. Esses insetoides, conhecidos a partir de então como mantídeos, não viam sentido em sustentar uma batalha que sabiam não ser fortes o bastante para vencer.

Esse comportamento era incomum entre os insetoides, mas igualmente era o raciocínio dos mantídeos. Eles ainda idolatravam fervorosamente os Deuses Antigos, acreditando que seus antigos senhores iriam um dia se erguer de suas prisões e restabelecer o domínio sobre Azeroth. A melhor forma de servir a essas entidades não era desgastar a força dos mantídeos, mas preservá-la, refiná-la e moldá-la. Eles se tornariam mais fortes sem colocar em risco sua sobrevivência.

Embora uma imperatriz reverenciada comandasse as atividades cotidianas dos mantídeos, um outro grupo controlava o destino da raça. Os integrantes desse grupo apresentavam-se como klaxxi – "sacerdotes" em sua língua natal. Eles orientavam as ações da imperatriz e dos enxames de mantídeos, na esperança de preservar e fortalecer a raça. Em vez de buscar vingança contra os trolls, os klaxxi voltaram-se para outro inimigo.

Ali perto viviam os mogu, poderosos forjados pelos titãs que protegiam o Vale das Flores Eternas havia eras sem conta. Os mantídeos se viram atraídos para aquele vale místico. Eles não tinham consciência disso na época, mas foram atraídos para o que restara do Deus Antigo morto Y'Shaarj, cujo coração supurado fora trancado sob o vale pelo alto-guardião Ra.

Para conseguir a essência soturna sob o vale, os mantídeos lançaram um ataque-surpresa aos mogu. Os forjados pelos titãs por muito pouco detiveram o enxame até finalmente os expulsarem de volta para as florestas kypari.

Os klaxxi não consideraram sua derrota um fracasso. Os guerreiros mantídeos sobreviventes haviam amadurecido, se tornado mais poderosos e sagazes. Os klaxxi esperaram pacientemente cem anos antes de voltar a atacar os mogu. Enviaram uma nova geração de jovens mantídeos para sitiar os forjados pelos titãs e, mais uma vez, os sobreviventes retornaram mais fortes.

Assim começou o ciclo dos mantídeos. A cada século, um novo grupo travava uma guerra com os mogu. As batalhas ferozes eliminavam os fracos do enxame, e apenas os mais fortes retornavam às árvores kypari. Em alguns poucos ciclos, a civilização mantídea se tornara bastante aperfeiçoada e rígida, totalmente concentrada em erradicar a fraqueza e fortalecer os mais poderosos entre eles.

Os mogu notaram a mudança com preocupação. Lançaram uma campanha diretamente contra a própria Manti'vess, para garantir que o ciclo não se repetisse.

O ataque se deu em um momento infeliz para os mantídeos. Foi décadas antes que a ninhada seguinte de guerreiros eclodisse. Eles eram poucos, e os mogu eram muitos. Os forjados pelos titãs devastaram as fileiras dos insetoides, até mesmo os sobreviventes mais fortes de enxames anteriores. Apenas um mantídeo, Korven, surgiu para mudar o curso da batalha. Armado com lâminas forjadas de âmbar de kypari, o guerreiro estripou fileiras de mogu, detendo o ataque e forçando-os a bater em retirada. Tão grandiosa era a habilidade de Korven que muitos mantídeos passaram a acreditar que ele era capaz de enganar a própria morte.

Os grandes anciãos dos klaxxi declararam Korven como um "paragão" e prometeram que seus feitos se tornariam lenda entre eles. Mas o guerreiro homenageado não estava satisfeito. Sabia que tinha sido apenas sorte que ele tivesse surgido do momento de maior necessidade de sua raça. Não queria deixar a defesa dos mantídeos apenas ao acaso. Os klaxxi concordaram e o encarregaram de encontrar uma solução.

Após anos fazendo experiências com seiva de kypari, Korven descobriu que uma criatura viva podia ser preservada dentro de um casulo de âmbar, por milhares de anos. Se os klaxxi colocassem seus maiores guerreiros nesses casulos, eles poderiam ser despertados sempre que fossem necessários para evitar uma tragédia. Korven se tornou o primeiro a se submeter a essa preservação. Em homenagem a seus feitos, os klaxxi o chamaram de "Korven, o Escolado" – o primeiro de muitos paragãos por vir. Enquanto ele permanecia em seu túmulo de âmbar sem ser perturbado, o grande ciclo que ele salvara praticamente sozinho continuou por inúmeras gerações.

Consequências da guerra entre Aqir e Trolls

Tribos sob o controle Drakkari:
Jubafria
Invernacha

Tribos sob controle Amani:
Árvore de fogo
Esfolamusgo
Revatusco
Fumocardo
Ramatorpe
Cascasseca

Tribos sob controle Gurubashi:
Sanguescalpo
Lançanegra
Galhonavalha
Lança Partida
Rachacrânio

MAPA DE AZEROTH DEPOIS DA GUERRA ENTRE OS TROLLS E OS AQUIR

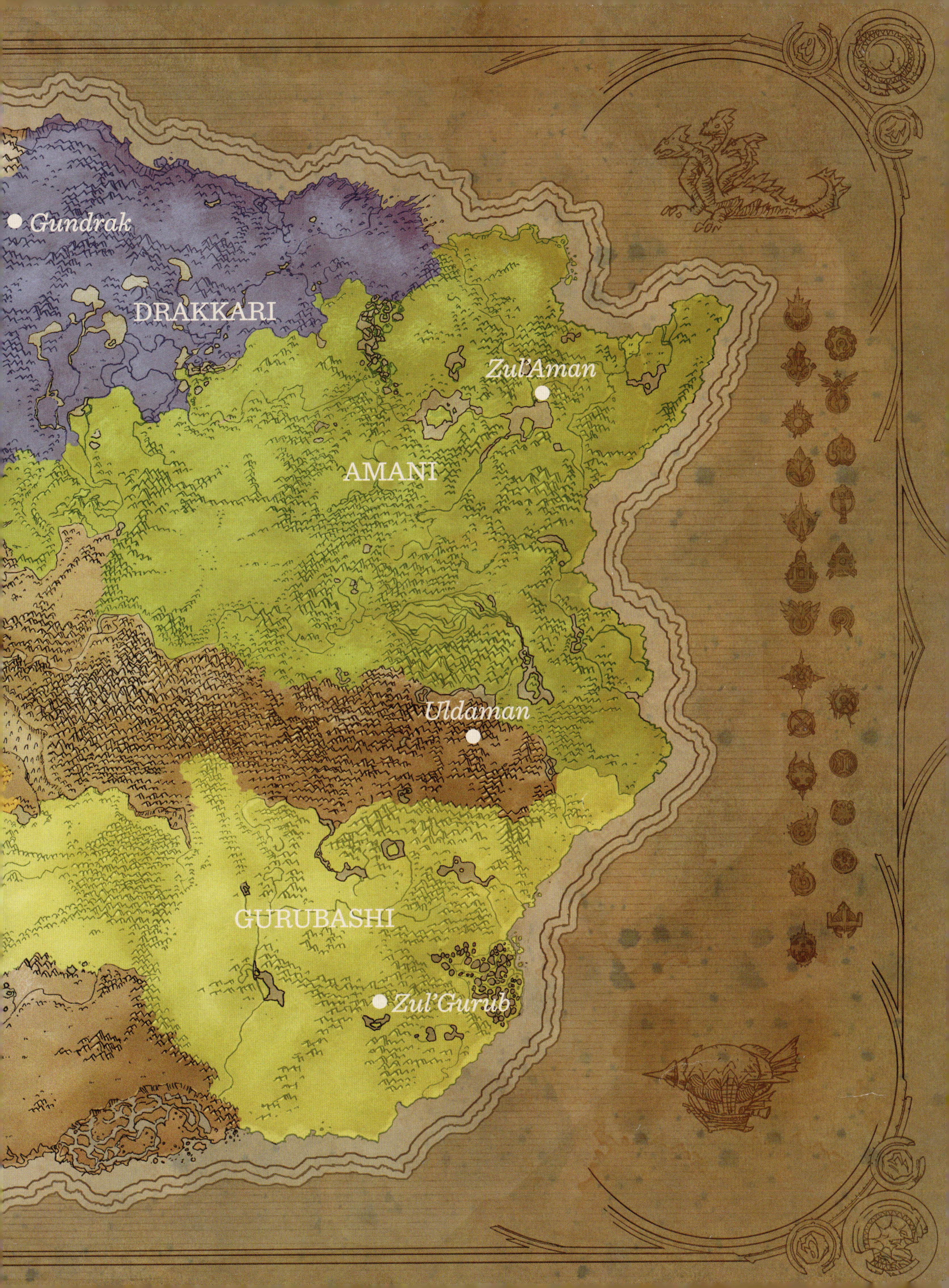

Gundrak
DRAKKARI
Zul'Aman
AMANI
Uldaman
GURUBASHI
Zul'Gurub

A Era dos Cem Reis

Quinze Mil Anos Antes do Portal Negro

Embora o alto-guardião Ra não tivesse sido visto em milênios, seus leais mogu mantiveram a vigília sobre o Vale das Flores Eternas, expulsando corajosamente cada enxame de mantídeos. Sua fé em que o alto-guardião iria retornar um dia foi mantida por séculos de dificuldades.

Mas aquela fé desapareceu assim que a maldição da carne se manifestou nas fileiras mogu.

Pela primeira vez, os mogu encararam a mortalidade. Com isso, medo e incerteza acometeram seus corações. Pequenas divergências degringolaram em conflito, violência e banhos de sangue. Bandos de mogu foram formados. Clãs e senhores da guerra surgiram em grande número e se lançaram em violentas lutas pelo poder. Aqueles que triunfavam eram rapidamente derrubados por rivais. Em meio a tudo isso, sua cultura e sua língua – até mesmo seu propósito e identidade – começaram a mudar. Esse período de conflito ficou conhecido como a Era dos Cem Reis, e os mogu chegaram a uma distância perigosa da autodestruição.

Apenas seus instintos mais primários impediram a aniquilação. Os pequenos conflitos mogu desapareciam no começo de cada novo enxame de mantídeos. Os vários clãs se uniam, a contragosto, para enfrentar os mantídeos. Mas assim que o enxame se retirava as hostilidades internas ressurgiam.

Enquanto os mogu combatiam os mantídeos, algumas outras raças surgiam na região. Muitas dessas criaturas eram atraídas pelos poderes latentes que emanavam do Vale das Flores Eternas. Entre essas novas raças assombrosas estavam os jinyus, místicos parecidos com peixes que viviam nos rios e lagos. Uma raça corajosa e maliciosa de macacos, conhecidos como os hozens, também foi habitar as selvas densas que cercavam grande parte do vale. Mas de longe os mais inteligentes entre os recém-chegados foram os sábios pandaren.

O surgimento de tanta vida ao redor do vale despertou o interesse de quatro Deuses Selvagens: Xuen, o Tigre Branco; Yu'lon, a Serpente de Jade; Chi-Ji, a Garça Vermelha; e Niuzao, o Iaque Negro.

Xuen e seus colegas Deuses Selvagens se reuniram no vale para vigiar e orientar a miríade de formas de vida que habitava a área. Embora muitas vezes fossem perturbados pelas atividades guerreiras dos mogu, os Deuses Selvagens adoravam ver as outras raças prosperarem. Xuen e os outros semideuses tornaram-se especialmente próximos dos pandaren, em grande medida por serem um povo pacífico.

Os pandaren consideravam os Deuses Selvagens, a quem chamavam de "Celestiais Majestosos", divindades benevolentes. Eles criaram um sistema de adoração dedicado a esses seres extraordinários. Em troca os Deuses Selvagens lhes concederam conhecimento, estimulando o contato deles com a filosofia e o mundo natural. Em homenagem aos Celestiais Majestosos os pandaren desenvolveram uma cultura que buscava a paz e a harmonia com o ambiente em que viviam.

Mas logo surgiria um novo líder mogu para desafiar essas filosofias. Seu nome era Lei Shen, e seu reinado iria ameaçar não apenas as raças mortais do vale, mas também os Celestiais Majestosos.

MOGU DEFENDENDO SUAS TERRAS DOS MANTÍDEOS

O Rei Trovão

De Quinze Mil a Doze Mil e Duzentos Anos Antes do Portal Negro

Enquanto os pandaren e outras raças prosperavam em torno do Vale das Flores Eternas, os mogu continuaram com seus conflitos intermináveis. Foi durante esse ciclo de violência que um guerreiro chamado Lei Shen ascendeu ao poder.

Descendente de um pequeno senhor da guerra, o jovem Lei Shen estava totalmente acostumado com a brutalidade das guerras de clãs. A despeito de sua habilidade e seu sucesso em batalha, ele considerava os incessantes conflitos e as manobras políticas uma traição ao potencial dos mogu. Ainda assim, permaneceu firme como um vassalo do pai.

Um conselheiro íntimo finalmente traiu e assassinou o pai de Lei Shen. Quase todos os membros do clã do senhor da guerra tombado buscaram refúgio nas fileiras de outros clãs, abandonando Lei Shen. Apenas alguns poucos soldados leais se recusaram a deixá-lo. Em vez de buscar vingança e perpetuar a violência, Lei Shen preferiu partir para o exílio. Ele vagou pela terra, meditando sobre o que considerava ser o fracasso da sua raça.

Logo Lei Shen desejou respostas que seu intelecto e seu raciocínio já não podiam lhe dar. Ele partiu em busca do alto-guardião Ra, o mestre dos mogu, ausente havia muito tempo.

Nos séculos anteriores o alto-guardião passara a ser conhecido como *Ra-den*, significando "Mestre Ra" no novo idioma mogu. Poucos da espécie de Lei Shen ainda acreditavam que ele ainda vivesse. Por que seu antigo criador teria permitido que sofressem da maldição da carne? Lei Shen acreditava que Ra-den tinha um plano, um objetivo maior, e que os sofrimentos dos mogu eram apenas um teste. Talvez fosse a vontade dos próprios titãs. Afinal, Ra-den era o instrumento vivo deles.

Após anos de buscas, Lei Shen localizou a entrada das câmaras ocultas abaixo da terra ao norte do vale, câmaras sagradas que todos os mogu tinham esquecido em função de suas guerras sem fim. Lá ele

A Loucura de Lei Shen

A decisão de abandonar qualquer reivindicação ao poder de seu pai havia salvado a vida de Lei Shen. Quando o líder de um clã era morto, era habitual que os rivais imediatamente assassinassem sua família, exterminando para sempre a linhagem do clã. As meditações de Lei Shen foram vistas como um sinal de desespero e loucura. A maioria supôs que ele nunca seria novamente uma ameaça a qualquer mogu.

encontrou o alto-guardião, sentado serenamente na tranquilidade do mundo subterrâneo. Ra-den não teve nenhuma reação à invasão do jovem mogu. Não disse nada, nem mesmo quando Lei Shen começou a lhe fazer perguntas sobre o verdadeiro propósito dos mogu.

Dias e semanas se passaram, e Lei Shen ficou frustrado com o silêncio do seu mestre. Finalmente, o mogu se deu conta de que Ra não tinha nenhum plano sofisticado em mente, nem estava concentrado no trabalho dos titãs... O alto-guardião simplesmente desistira. O sofrimento dos mogu havia sido resultado de um senhor ausente, nada mais.

Lei Shen lançou sua ira sobre Ra, acusando-o de abandonar os titãs e seu objetivo. Suas palavras duras despertaram o alto-guardião de seu estupor. Ra levou Lei Shen à Montanha do Trovão, perto dali, onde tempestades intermináveis se abatiam, partindo os céus. Nenhum mogu antes havia ousado escalar suas encostas, pois se acreditava que a montanha era um lugar proibido. Dentro de uma enorme câmara decorada, Ra-den invocou o poder residual de Aman'Thul e mostrou a Lei Shen as respostas que ele queria: os titãs do Panteão estavam mortos, assassinados por um deles mesmos. Sua esperança final era o próprio mundo de Azeroth, mas ele já estava infestado de criaturas do Caos.

O alto-guardião imaginara que esse conhecimento abalaria a alma de Lei Shen, como fizera com ele mesmo. Mas o mogu reagiu de um modo que Ra-den não havia esperado.

Lei Shen decidiu que se seu mestre não tinha interesse em continuar o objetivo dos titãs, ele mesmo faria isso. Antes que Ra-den se desse conta, Lei Shen o atacou e o incapacitou. Depois prendeu o ser poderoso com grilhões de ferro encantados, então roubou não apenas o inacreditável poder de Ra-den, mas também o poder de *Aman'Thul* contido nele.

Um poder além do compreensível tomou a alma de Lei Shen. Ele prendeu Ra-den dentro da Montanha do Trovão, ignorando sua fúria e a confusão diante daquela traição. Quando Lei Shen desceu a montanha e se encontrou com seus soldados remanescentes, estes estavam assombrados com ele. Os boatos do poder recém-conquistado de Lei Shen se espalharam entre os clãs mogu. Alguns acreditavam que havia arrancado o coração de um deus e o comido. Outros alegavam que ele tomara os antigos poderes do próprio vale. E havia os que sussurravam que era um titã renascido.

Mas todas as histórias tinham um fato em comum: esse "Rei Trovão" havia exigido que todos os mogu se curvassem diante dele. Invocou o direito de nascença dos titãs, e iria destruir todos os que se recusassem a se curvar à sua vontade.

A seguir, Lei Shen começou a unificar os mogu e conceder-lhes um novo destino como senhores de Azeroth e guardiões de sua alma-mundo. As pequenas divergências e guerras que tinham assolado seu povo não seriam mais toleradas. Com raios e trovões ao seu comando, Lei Shen esmagou toda a oposição. Os que tiveram sorte foram mortos rapidamente; outros foram mantidos acorrentados por séculos.

A princípio, a maioria dos mogu o seguiu por medo, mas seus "milagres" logo inspiraram devoção. O Rei Trovão havia dominado as ferramentas encantadas dos guardiões. Uma delas era o Engenho de Nalak'sha, um instrumento poderoso que Lei Shen descobrira sob a terra ao norte do vale. Usando essa máquina extraordinária, os mogu começaram a moldar carne e pedra em novas criaturas vivas. Até mesmo descobriram um modo de reverter a maldição da carne entre eles.

Nas mãos de Lei Shen, um período de prosperidade, mas também de brutalidade, tomou o vale. Para os mogu foi o começo de um novo e glorioso império. Para as outras raças da região, o começo de uma era de tirania.

Os Dois Impérios

À medida que o império de Lei Shen se expandia em abrangência e poder, ele logo passou a ver todas as criaturas vivas em seu domínio como servos. A maldição da carne era uma fraqueza, raciocinou, e, embora nem todos os mogu pudessem um dia estar totalmente livres da imperfeição, outros seres de carne sempre estariam abaixo deles.

O Rei Trovão começou uma campanha de escravização nas terras que cercavam o vale. Os sábios jinyus tinham estabelecido seu próprio pequeno império. Embora lutassem corajosamente, os jinyus acabaram desmoronando diante do poder de Lei Shen. Os mogu saquearam suas cidades e deixaram em ruínas toda a sua civilização.

Ao saber do destino dos jinyus, os pandaren fugiram para o Monte Kun-Lai, ao norte do vale. Lá buscaram a proteção de Xuen, o Tigre Branco. Quando Lei Shen levou seus exércitos até o sopé da montanha, desafiou Xuen para um duelo que decidiria o destino dos pandaren. Xuen aceitou, e durante muitos dias a grande batalha entre o Tigre Branco e o Rei Trovão abalou os céus de Kun-Lai. Por fim, Xuen não foi páreo para o poder que Lei Shen havia tomado do titã. Lei Shen acorrentou Xuen perto do pico do monte, e forçou o Celestial Majestoso a assistir aos mogu escravizarem os pandaren. Temendo que as filosofias pacifistas dos pandaren minassem seu governo, Lei Shen proibiu que aprendessem a ler e escrever, ou mesmo falassem qualquer idioma que não a língua mogu. Desobedecer significava ser morto de uma forma lenta e brutal.

Os mogu ergueram seus maiores palácios e monumentos com o sangue e o suor das raças subjugadas por eles. Logo o império tinha um idioma único, um sistema estabelecido de pesos e medidas e o primeiro conjunto de leis escritas de Azeroth – códigos bárbaros que consagravam a supremacia dos mogu diante das outras criaturas. Lei Shen também forçou seus escravos a atuar como soldados ou a expandir as fortificações grosseiras antes usadas para defender o vale dos mantídeos. Assim nasceu o Espinhaço da Serpente, uma sólida muralha de pedra separando os mogu das terras dos insetoides. Quando os escravos pereciam ou se

A Traição dos Hozens

No auge do seu império, os jinyus mantinham laços firmes com os hozens. Ambos concordavam em ajudar um ao outro a deter o massacre dos mogu. Mas, na véspera da batalha final dos jinyus contra Lei Shen, os hozens os traíram. Os ditos aliados dos jinyus haviam em segredo jurado fidelidade ao Rei Trovão em troca de tratamento preferencial (uma promessa que nunca foi cumprida). Esse ato de traição garantiu a derrota dos jinyus e deflagrou entre eles e os hozens uma amarga rixa racial que se estenderia por gerações.

O Destino dos Celestiais Majestosos

Depois que Lei Shen aprisionou o Tigre Branco, os outros celestiais foram ajudar os pandaren. Mas, como Xuen, todos sucumbiram ao Rei Trovão. Em seguida, Lei Shen proibiu o culto aos celestiais sob pena de morte. Os pandaren perderam muito de sua ligação com os Deuses Selvagens, mas não toda. Alguns escravos destemidos transmitiram, em segredo, os ensinamentos dos celestiais.

mostravam ineficientes, Lei Shen produzia novos com o poder do Engenho de Nalak'sha. Isso levou à criação de uma miríade de seres, como os pequenos mas resistentes grômulos e os bárbaros e reptilianos saurok.

O império mogu logo tomou conhecimento de outras civilizações em Azeroth. Os trolls zandalari em especial ficaram assombrados com os poderes sobrenaturais exibidos pelo Rei Trovão. Um dos líderes zandalari, um alto sacerdote reverenciado chamado Zulathra, viu nos mogu uma oportunidade de ouro. Ele e uma comitiva de trolls viajaram até os domínios do Rei Trovão com uma proposta simples: os mogu podiam ter o poder daquele mundo, mas aos trolls seria reservado o conhecimento da terra. Os dois impérios poderiam se engrandecer e ensinar um ao outro seus segredos. Assim que estivessem aliados, nada em Azeroth ousaria se opor a eles.

A oferta intrigou Lei Shen. Pela primeira vez ele encontrava criaturas vivas que buscavam dominar seu território em vez de viver em paz com ele. Os mogu raramente se aventuravam muito longe de suas terras; a superstição e o dever de proteger o vale estavam tão arraigados que ainda influenciavam suas ações. Eles poderiam explorar o mundo permanecendo ignorantes sobre ele, ou poderiam se aliar aos trolls e aprender seus mistérios rapidamente.

Na verdade, os dois líderes planejavam uma traição. Zulathra acreditava que os zandalari podiam roubar os poderes divinos de Lei Shen assim que tivessem aprendido os segredos dos mogu, e o Rei Trovão planejava escravizar os zandalari no momento em que deixassem de ser úteis. Mas eles esconderam seus planos, até mesmo de seus próprios povos, e publicamente fecharam um acordo. Em troca do conhecimento dos zandalari, os mogu os ensinariam a usar a magia arcana. Também prometeram aos zandalari uma área de terra fértil perto do vale.

Lei Shen chegou mesmo a fazer um acordo secreto com Zulathra. O Rei Trovão havia concebido um modo de reviver plenamente seu espírito caso um dia fosse morto, mas não confiava em transmitir tal conhecimento aos seus próprios servos. Os mogu eram um povo sedento de poder, e provavelmente tentariam reivindicar o império para eles mesmos caso Lei Shen deixasse de ser rei. Apenas os zandalari teriam a chave para ressuscitar Lei Shen. Os trolls sabiam que sem ele nunca poderiam conhecer plenamente os segredos do arcano – nem seriam capazes de ter seu impressionante poder.

Embora os dois líderes continuassem tramando, suas traições nunca se realizariam. De fato, eles se descobriram aliados inestimáveis, e seu pacto durou muitos anos.

O REI TROVÃO CONFRONTA XUEN, O TIGRE BRANCO

A Queda do Trovão

Enquanto Lei Shen consolidava seu império, os tol'vir que vigiavam Uldum se esforçavam para suportar a maldição da carne. A doença se espalhara por suas fileiras, enfraquecendo os forjados pelos titãs pouco a pouco. O tempo todo, os tol'vir esperavam pacientemente por notícias do alto-guardião Ra ou de seus servos mogu no leste.

Os tol'vir finalmente receberam uma convocação de um líder mogu que se apresentava como o Rei Trovão. Eles não tinham ouvido nada sobre a ascensão do império mogu. Curiosos, enviaram para o leste embaixadores que, assim que chegaram aos limites do domínio do Rei Trovão, ficaram chocados ao ver quão avançados seus primos mogu tinham se tornado. Em alguns casos, os mogu haviam até mesmo conseguido reverter a maldição da carne.

Lei Shen recebeu calorosamente os tol'vir e mostrou a eles as maravilhas de seu império, desde a imensa muralha Espinhaço da Serpente até os palácios imperiais dourados do vale. Os tol'vir se surpreenderam com o tratamento deplorável dispensado às raças mortais escravizadas pelos mogu. Mesmo assim, não agiram. Sua primeira preocupação era proteger o maquinário criado pelo guardião em Uldum.

O Rei Trovão concordou plenamente com eles. As obras dos guardiões, como a Forja da Criação em Uldum, eram de máxima importância... Portanto, Lei Shen anunciou que as reivindicava como parte de seu império.

Ele revelou que havia derrotado Ra-den e tomado seu poder, logo, teria o domínio dos instrumentos dos guardiões. Com o Engenho de Nalak'sha e a Forja da Criação sob seu comando, ele refaria Azeroth da forma que lhe conviesse. Como colegas do Rei, os tol'vir ascenderiam a um lugar de honra no império mogu, mas Lei Shen estaria à frente dele, para sempre.

Ao tomar conhecimento de que Lei Shen traíra o alto-guardião Ra, os tol'vir ficaram furiosos. Recusaram a oferta do Rei Trovão jurando nunca servir a um traidor, e partiram de seu império tirânico. Lei Shen permitiu que os embaixadores partissem, mas alertou-os de que conseguiria o que queria pela força. Os exércitos dos tol'vir não tinham como resistir aos seus.

O Rei Trovão estava tão confiante que convidou Zulathra a testemunhar o que alegava que seria a maior vitória do império mogu até então. O velho líder zandalari concordou – Lei Shen havia prolongado artificialmente a vida do troll, mas, assim que todas as criações dos guardiões estivessem sob controle mogu, eles descobririam os segredos da imortalidade. Quase todos os maiores líderes zandalari acompanharam Zulathra como guarda de honra, também esperando retornar à sua capital Zuldazar com o dom da vida eterna.

Lei Shen liderou sua legião mogu e os trolls rumo oeste. Os zandalari tinham ouvido histórias sobre as terras próximas a Uldum, mas nunca as tinham visto com os próprios olhos. Lagos e cachoeiras virgens em meio à selva exuberante da região. Era um paraíso, fervilhando de vida ainda não descoberta e maravilhas até onde o olhar alcançava.

Todo o poder do império de Lei Shen pisoteou a terra, detendo-se a pouca distância das pirâmides monolíticas que compunham o bastião dos guardiões de Uldum. Apenas um pequeno grupo de tol'vir saiu da fortaleza para resistir aos mogu. Lei Shen debochou daquele contingente, pois sabia que poderia esmagá-los sozinho.

De fato, os tol'vir sabiam que derrotar as forças do Rei Trovão em batalha era impossível. Enquanto Lei Shen marchava na direção de Uldum, os forjados pelos titãs tinham preparado uma defesa final: a Forja da Criação trancada abaixo da fortaleza. Em vez de usá-la em todo o seu potencial – o que iria erradicar toda a vida em Azeroth – os tol'vir a haviam configurado para devastar apenas a terra vizinha.

A FORTALEZA DE ULDUM, DOS FORJADOS PELOS TITÃS

Quando Lei Shen liderou a investida, vangloriando-se de sua vitória iminente, os tol'vir ativaram a arma. Nas profundezas da terra o equipamento rugiu e ganhou vida. A terra se ergueu e sacudiu quando ondas de força irromperam de Uldum, inundando a área ao redor com a energia da terminação. Os defensores tol'vir e praticamente todas as outras criaturas na superfície de Uldum morreram instantaneamente.

Criaturas de todo Kalimdor testemunharam o clarão no horizonte sul. Quando a luz esmoreceu, Lei Shen e seus aliados não existiam mais. O poder liberado também expurgara quase toda a vida da região ao redor de Uldum, deixando para trás apenas um deserto rachado e nu. Vida vegetal e animal retornariam lentamente ao longo dos milênios, mas a enorme selva nunca recuperaria totalmente seu vigor.

Os tol'vir sobreviventes no interior de Uldum trabalharam para garantir que ninguém nunca mais tentasse tomar tal poder. Eles envolveram em magia as poucas passagens montanhosas que levavam à região e, com isso, isolaram Uldum dos olhos dos mortais.

O nobre sacrifício dos tol'vir mantivera a Forja da Criação longe das mãos de Lei Shen, e impedira que qualquer outro imperador mogu ousasse seguir seus passos. As mortes de Lei Shen e da casta superior dos zandalari deixaram enormes lacunas no governo dos dois impérios. Antes que os tol'vir escondessem Uldum em sua grandiosa ilusão, um grupo fiel ao Rei Trovão recuperou o cadáver de Lei Shen. Eles o levaram de volta ao império e o consagraram à Tumba dos Conquistadores. Mas com a maior parte da liderança zandalari morta, não havia ninguém para reviver aquele corpo.

Uma série de imperadores se sucedeu a Lei Shen, mas nenhum teria tanto poder quanto ele tivera. Também os zandalari passaram gerações tentando se recuperar das perdas em Uldum. O acontecimento catastrófico havia sido um golpe mortal nos dois impérios, e nenhum deles recuperaria as antigas glórias.

Com o tempo, ambos entrariam em decadência e desmoronariam.

A Revolução dos Pandaren

Doze Mil anos antes do Portal Negro

A morte do Rei Trovão enfraqueceu os mogu, mas eles continuaram a governar o vale. Os escravos do império sofreram muito sob os bárbaros sucessores de Lei Shen; cada governante parecia mais cruel que o anterior.

O último imperador mogu, Lao-Fe, recebeu o título de "o Amarra-escravos" logo no início de sua gestão. Ele levou uma vida de decadência, confiando que seu suprimento de escravos amedrontados nunca iria diminuir. Para impôr obediência, Lao-Fe desmembrava famílias de escravos mesmo por pequenas transgressões. Pais eram separados; filhos eram enviados ao Espinhaço da Serpente para morrer como vítimas do enxame de mantídeos.

Foi exatamente esse destino que teve a família de um mestre cervejeiro pandaren chamado Kang. Seu filho foi enviado aos mantídeos, e sua esposa morreu tentando impedir. Depois que os mogu deixaram em ruínas sua casa e sua vida, Kang quase sucumbiu ao desespero. Mas logo seus pensamentos começaram a girar em torno de uma pergunta: por quê? Por que os mogu causavam tanta dor?

Kang meditou sobre a escravização do seu povo e chegou a uma conclusão radical: a extrema crueldade para com os escravos não era sinal da força dos mogu, e sim um sintoma de sua fraqueza. Eles haviam se tornado dependentes de seus servos; sem eles, não eram nada.

Kang dedicou a vida a denunciar a vulnerabilidade dos mogu. Afora aqueles enviados para defender o Espinhaço da Serpente, nenhum escravo jamais podia tocar em uma arma, um crime punido com a morte. Assim, Kang aprendeu a usar o próprio corpo como uma. Para enganar os olhos sempre vigilantes dos mogu, ele aprendeu a disfarçar seus ataques em uma dança artística.

Quando finalmente dominara as técnicas, desafiou seus colegas escravos a atacá-lo. Nenhum conseguiu. Sua "dança", seus movimentos fluidos o mantiveram a salvo de ferimentos. Os escravos suplicaram a Kang que os ensinasse a lutar desarmados. Kang os atendeu, e a notícia desse estranho novo método de combate se espalhou rapidamente entre os povos oprimidos do império mogu.

Centenas de escravos adotaram os ensinamentos de Kang e se dedicaram a aprender essa nova arte, a partir de então conhecida como o caminho do monge. Quando rumores sobre o movimento chegaram aos ouvidos dos mogu, Kang transferiu seus seguidores para o Monte Kun-Lai, plenamente consciente de que seus aprendizes ainda não estavam preparados para derrotar seus opressores. Os rebeldes pandaren construíram em segredo um mosteiro entre os picos açoitados pelo vento e começaram o treinamento para tornarem-se instrumentos de justiça.

Foi no Monte Kun-Lai que Kang encontrou algo totalmente inesperado: a prisão de Xuen, o Tigre Branco. Kang com frequência comungava com o Celestial Majestoso, aprendendo os segredos da força interior que existia em todos os corações. O mestre pandaren transmitiu a seus seguidores a sabedoria de Xuen. Finalmente, os monges pandaren estavam prontos para lutar.

Sua primeira grande vitória aconteceu nas Galerias Mogu'shan, as câmaras sagradas que abrigavam o Engenho de Nalak'sha. Lá, os rebeldes tiveram sucesso em afastar os mogu da fonte do poder deles de moldar a carne. O ataque devastador dos pandaren impediu os mogu de criarem novos soldados deformados.

Essa vitória isolada não apenas deu ânimo aos pandaren, como também atraiu outras raças para a rebelião. Os hozens, os jinyus, os grômulos e uma raça corpulenta de criaturas bovinas, os yaungóis, engajaram-se na tarefa de derrubar o império mogu.

A revolução cresceu pouco a pouco. Kang estava certo: os mogu tinham se tornado dependentes demais dos seus escravos e, à medida que mais deles se rebelavam, o império mergulhava no caos. Os grômulos, mestres das comunicações e do comércio, destruíram as linhas de suprimento dos mogu. Os poderosos yaungóis lideraram grupos de ataque para espalhar o terror no noroeste. Os ardilosos hozens cavaram túneis para penetrar nas poderosas fortalezas mogu. Os místicos jinyus entraram em comunhão com as águas da terra para invocar o futuro, dizendo às forças de Kang onde atacar e quando recuar.

As forças de Lao-Fe finalmente se retiraram para o Vale das Flores Eternas, a sede real do império mogu. Kang sabia que a terra encantada podia sustentá-los pelo tempo que desejassem. Portanto, para derrotar os mogu os rebeldes precisavam se expor e lançar um ataque.

Kang não hesitou em fazer isso. Ele liderou pessoalmente a investida, penetrando fundo no vale. Lutou corpo a corpo com Lao-Fe e o derrotou, mas no combate o pandaren recebeu ferimentos mortais.

O Amarra-escravos e o antigo escravo morreram juntos.

Empolgados com a vitória, alguns dos escravos libertos pensaram em se vingar dos mogu sobreviventes, massacrando-os como eles haviam massacrado seus vassalos durante milênios. Mas um dos mais promissores alunos de Kang conteve sua sede de sangue. Como um guardião secreto da história dos pandaren, o pupilo Song havia decorado muitas das filosofias e histórias do mestre Kang. Song então contou, vezes seguidas, as histórias de Kang aos escravos libertos, lembrando a eles de seu compromisso com a verdadeira justiça, não com a vingança. Ele passou o resto da vida caminhando de uma extremidade à outra

Os Sha

Quando Y'Shaarj morreu, seus restos despedaçados permaneceram espalhados pelo Vale das Flores Eternas e as regiões vizinhas. Com o tempo, o mal do Deus Antigo penetrou na própria terra.

Durante suas viagens, Song se tornou muito consciente desse poder das trevas que se escondia na terra. A essência remanescente de Y'Shaarj se unia e amplificava emoções negativas, gerando espíritos malévolos conhecidos como sha. Song esperava que, disseminando os ensinamentos de Kang, conseguisse ajudar os pandaren e as outras raças a negar a influência do Deus Antigo e anular os sha.

daquele império caído, partilhando a sabedoria de Kang e conclamando todas as criaturas a encontrar um equilíbrio emocional interno.

À medida que as histórias de Song se espalhavam, outros começaram a seguir seus passos. Cada vez mais pandaren percorreram a terra, contando histórias e encorajando a paz interior em todos que encontravam. Esses "Andarilhos das Lendas", como acabariam sendo conhecidos, se tornaram não apenas contadores de histórias habilidosos, mas também mediadores de conflitos, apaziguando situações tensas com alegorias e parábolas que ajudavam todos os lados a ver a razão e encontrar um meio-termo.

Assim, começou um tempo de paz e prosperidade no Vale das Flores Eternas e nas terras vizinhas. Os pandaren prosperaram, assim como as outras raças que chamavam a região de lar. Um novo império, construído com base nos princípios de justiça, sabedoria e benevolência, nasceu para cuidar da terra arrasada pela guerra.

A Migração dos Yaungóis

Quando o império mogu estava no auge, os yaungóis, uma raça bovina inteligente, percorriam as planícies verdejantes do centro de Kalimdor. Essas criaturas corpulentas viviam em harmonia com a natureza, seguindo a orientação do sábio semideus Cenarius.

Diferentemente de muitos dos outros Deuses Selvagens, Cenarius tinha uma aparência mais humanoide. O majestoso meio-cervo, vestindo um manto de flores e trepadeiras, costumava caminhar entre os nômades yaungóis. Ele ensinava a essas criaturas os segredos da natureza e ficava encantado em vê-las florescer.

Finalmente cansados de partilhar áreas de caça com os trolls que habitavam as redondezas, os yaungóis decidiram buscar novas terras. Embora seu amado semideus Cenarius os conclamasse a permanecer e estabelecer a paz, eles partiram para o sul. Caçaram e buscaram comida por todo o caminho até a fronteira do império mogu.

O imperador da época, Qiang, o Impiedoso, achou fascinante os yaungóis e sua imensa força física. Ordenou que seus moldadores de carne capturassem os nômades e os transformassem em servos ainda mais poderosos e inteligentes, além de suavizarem seus instintos mais selvagens. Os yaungóis sofreram sob a tirania da opressão mogu por gerações até se rebelarem ao lado de outros escravos para derrubar seus senhores cruéis.

Embora os yaungóis tivessem conquistado a liberdade, sofreram enormes perdas. A forte tradição oral da raça havia se extinguido por causa das rígidas leis mogu que os impediam de falar sobre sua herança. Muito de sua rica história se perdera. Alguns yaungóis se aferravam a lembranças vagas e mitos incompletos de um semideus benevolente que um dia cuidara deles. Outros insistiam em que os yaungóis deveriam abandonar todas as tradições e criar um novo destino pela força. As divergências se tornaram acaloradas e, em certas ocasiões, causaram derramamento de sangue. A maioria dos yaungóis desprezava a violência, e partiu para o norte determinada a retornar a uma vida de caça, entre os espíritos da natureza.

Algumas das tribos mais nômades cruzaram todo o continente, parando apenas ao sentiram as gélidas temperaturas perto dos Picos Tempestuosos. Outras tribos se assentaram nas áreas temperadas do centro de Kalimdor e reencontraram seu antigo benfeitor, Cenarius. Retornar ao antigo território de caça lhes permitiu redescobrir antigas tradições. Aqueles que estudaram com Cenarius aprenderam a magia druídica do mundo natural, enquanto outros dominaram as artes de manipular poderes xamanísticos.

Mas nem todos os yaungóis deixaram o vale. Aqueles que ficaram para trás logo se viram em conflito com os pandaren e os outros escravos libertados. A moldagem de carne dos mogu não subjugara totalmente a natureza ousada dos yaungóis, e eles travaram inúmeros confrontos sobre questões de terras e recursos.

Temendo uma guerra aberta com seus antigos aliados, os yaungóis se mudaram para oeste, se assentando do lado de fora do Espinhaço da Serpente. Isso os deixou expostos aos mantídeos e, a cada cem anos, o enxame ameaçava exterminar seu povo. O ciclo dos mantídeos e as lutas internas constantes entre esses yaungóis produziram uma forte tradição guerreira, uma que os tornaria muito mais selvagens do que as tribos que haviam seguido para o norte.

Com o passar de gerações, as energias que emanavam da Nascente da Eternidade e das máquinas criadas pelos guardiões ao redor de Kalimdor modificaram os yaungóis de um modo único. Aqueles próximos ao vale manteriam o nome "yaungol", embora tivessem se tornado mais guerreiros que seus primos distantes. Aqueles no centro de Kalimdor, mais perto da Nascente da Eternidade, passariam a se chamar "taurens". As tribos que haviam se arriscado no norte, perto da Forja da Vontade, seriam chamadas de "taunka" e se adaptariam ao terreno gelado da região.

Esses grupos espalhados mantiveram contato por muitos anos, mas quando a Grande Cisão finalmente abalou o mundo, todos os laços entre as tribos foram rompidos.

A Invasão Zandalari

Onze Mil e Novecentos Anos Antes do Portal Negro

Os zandalari mantiveram uma relação distante com os mogu depois da morte de Lei Shen. Embora os trolls achassem útil o conhecimento que os mogu tinham da magia arcana, odiavam as constantes lutas internas dos clãs e as tensas manobras políticas. Quando ficou claro que nenhum clã iria conseguir domínio total, os zandalari se abstiveram de jurar lealdade a qualquer facção específica.

Mas nunca se esqueceram da promessa que Lei Shen lhes fizera: um grande pedaço de terra perto do Vale das Flores Eternas iria para sempre pertencer aos trolls. Quando o império mogu finalmente desmoronou, os zandalari viram uma oportunidade de tomar o que acreditavam ser deles por direito. Não tomaram uma atitude imediatamente. Houve um intenso debate interno em Zuldazar, capital dos zandalari, sobre se o território seria tomado pela diplomacia ou pela força.

No fim das contas, foi um descendente do grande alto-sacerdote Zulathra quem saiu vitorioso. Seu nome era Mengazi, e ele sabia que os pandaren dificilmente honrariam o acordo entre os zandalari e os mogu. Os antigos escravos também haviam derrubado seus senhores, então talvez fossem fortes o suficiente para oferecer uma resistência feroz aos trolls caso tivessem tempo de se preparar. Para conseguir sua terra, os trolls teriam de atacar sem aviso e com força suficiente para desarmá-los de sua determinação.

Com esse objetivo, os trolls marcharam para o sul, pretendendo tomar uma região fértil ao norte do Monte Kun-Lai. Os zandalari atacaram o principal assentamento da área, uma tranquila aldeia agrícola pandarena. Dotados de poderes místicos e sentados em colossais montarias de guerra reptilianas, os trolls massacraram quase todos os moradores do assentamento. Em seguida, as fileiras dos zandalari penetraram na Floresta de Jade, uma selva densa que se tornara o coração do recém-estabelecido império pandaren.

Quando a notícia da invasão chegou a outros assentamentos pandaren, o pânico se instaurou. Não havia um exército regular para conter os trolls. Nas décadas seguintes à revolução dos escravos, poucos tinham visto a necessidade de manter os hábitos militaristas dos mogu, preferindo deixar que todos os habitantes vivessem em paz, sem uma autoridade abrangente. A única força de combate era uma ordem de monges, encarregada pelo imperador pandaren de patrulhar o Espinhaço da Serpente e resistir aos periódicos enxames de mantídeos.

Embora os monges tivessem partido às pressas do Espinhaço da Serpente para defender suas terras contra os trolls, viram-se desesperadamente superados em número e táticas. Os trolls estavam utilizando uma forma de combate que ninguém vira antes, se lançando em batalha nas costas de pterrorasas reptilianos e morcegos gigantes. Os pandaren não tinham como conter esses ferozes ataques aéreos.

A salvação foi graças a uma jovem pandarena chamada Jiang. Quando ela era apenas uma criança havia encontrado uma serpente das nuvens recém-nascida, sozinha e muito ferida depois que uma terrível tempestade destruíra seu ninho. Na época, os pandaren consideravam as serpentes das nuvens feras violentas e indomesticáveis, mas Jiang cuidou dela até que ficasse curada e as duas se tornaram amigas. Aqueles em sua aldeia costumavam vê-las voando juntas pelos céus.

Enquanto os monges travavam uma batalha perdida no alto dos picos da Floresta de Jade, Jiang e sua companheira serpente, Lo, desceram rapidamente das nuvens. A fúria e o fogo de Lo romperam as fileiras dos zandalari, obrigando-os a bater em retirada. A notícia da vitória se espalhou pelo império e outros seguiram os passos de Jiang. Domaram as poderosas serpentes das nuvens, e logo um pequeno exército voou para a batalha ao lado de Jiang. Esses corajosos pandaren ficaram conhecidos como os Cavalga-serpentes.

CAVALGA-SERPENTES PANDAREN ATACAM OS TROLLS ZANDALARI

Os rumos da guerra haviam mudado. Os trolls sabiam que havia pouco que podiam fazer para vencer por meios convencionais, então Mengazi se voltou para uma ultima tática: ressuscitar o Rei Trovão, Lei Shen.

Lei Shen havia revelado aos zandalari o segredo de sua ressurreição, pois não confiava em nenhum de seus subalternos mogu para fazer isso por ele caso fosse um dia morto. Os trolls sabiam que o Rei Trovão teria o poder de se livrar dos problemáticos Cavalga-serpentes e destruir qualquer exército em solo. Uma batalha encarniçada teve início perto da Tumba dos Conquistadores, onde havia sido colocado o cadáver de Lei Shen. Jiang se sacrificou em um último ataque desesperado, matando Mengazi. Os outros zandalari logo abandonaram as fileiras e fugiram de volta para suas terras, envergonhados. Com seu ato heroico, Jiang havia impedido que os trolls ressuscitassem o terrível Rei Trovão.

Houve uma enorme celebração por todo o império, mas também luto pelas vidas perdidas, especialmente a de Jiang. Durante décadas depois do conflito, Lo foi visto circulando pelos céus acima da Floresta de Jade, como se procurando sua antiga amiga e cavaleira. Os outros Cavalga-serpentes honraram a memória de Jiang formalizando os seus ensinamentos. No exército dos cavalga-serpentes sua tradição de treinamento e amizade com aquelas criaturas majestosas sobreviveria por milênios.

A Nascente da Eternidade e a Ascensão dos Elfos Noturnos

De Quinze Mil a Dez mil anos antes do Portal Negro

Antes de sua guerra contra os aqir, as tribos trolls ocupavam grandes áreas de Kalimdor. Muitos desses grupos, como os gurubashi e os amani, entravam em choque uns com os outros por causa de áreas de caça e territórios. Mas uma tribo não se preocupava com essas batalhas por terra e poder. Conhecidos como os trolls negros, viviam em uma rede de cavernas profundas que se estendiam sob o Monte Hyjal. Eles detestavam a luz do dia, por isso saíam das tocas subterrâneas somente à noite. Os hábitos noturnos dos trolls negros os modificaram ao longo do tempo, dando tons de cinza à sua pele azulada.

Os trolls negros valorizavam sua independência da sociedade troll e ignoravam grande parte das atividades das outras tribos. Diferentemente de seus primos gurubashi e amani, ansiavam por uma ligação pacífica com o mundo natural. Místicos trolls negros costumavam buscar formas de comungar com a terra e viver em harmonia com ela. Ao longo do tempo, muitos deles migraram para o centro de Kalimdor, onde exploraram os sulcos labirínticos do coração daquele território, se deparando com os discretos dragoletas, quimeras e dríades. Os trolls negros também acabaram descobrindo um enorme lago de energias cintilantes, que depois conheceriam como a Nascente da Eternidade.

Encantados com aquela descoberta, os trolls negros se assentaram às margens da Nascente da Eternidade. Com o passar das gerações, as energias irradiadas pelo lago penetraram na carne e nos ossos dos trolls, elevando suas formas para que correspondessem a seus espíritos graciosos. Elas os transformaram em seres altamente inteligentes e quase imortais. Aos poucos, esses antigos trolls foram abandonando sua antiga herança e suas tradições. Os místicos da tribo começaram a adorar Eluna, a deusa da lua, que acreditavam estar ligada à própria Nascente da Eternidade. Alegavam que a divindade dormia nas profundezas da fonte durante o dia.

A Irmandade de Eluna

A cidade de Suramar se tornou o centro da adoração dos elfos noturnos e lar da Irmandade de Eluna. Essa ordem, integrada por elfas noturnas, se dedicava a venerar a deusa da lua. As sacerdotisas da irmandade tinham participação em quase todos os aspectos da civilização primitiva dos elfos noturnos, desde atuar como líderes espirituais até ajudar a defender contra ameaças externas seus territórios em constante expansão.

Os antigos trolls também descobriram o nome "Kalimdor" e outras palavras dos forjados pelos titãs por intermédio de sua comunhão com Eluna e devido à investigação de estranhos artefatos espalhados nos arredores do lago. Influenciados por essa linguagem recém-descoberta, eles chamaram a si mesmos de *kaldorei* – "filhos das estrelas" – ou elfos noturnos.

As árvores, flores e criaturas da floresta assistiram, em silêncio, aos elfos noturnos prosperarem, e levaram as notícias sobre os novos habitantes até os Deuses Selvagens de Hyjal. Entre eles, o semideus Cenarius demonstrou grande interesse pelos recém-chegados às margens da Nascente da Eternidade. Os elfos noturnos diriam que ele era filho de Malorne, o grande Cervo Branco, e da própria Eluna. Cenarius adorava os elfos noturnos e acreditava que eles poderiam se tornar grandes protetores da natureza. Fez amizade com a jovem raça e lhes ensinou sobre o mundo natural. A esperança de Cenarius era a de que os elfos noturnos se esforçariam para viver em harmonia com a vida selvagem.

Os elfos noturnos viveram por muitos séculos. Eles construíram uma sociedade graciosa em torno da Nascente da Eternidade. A capital de seu pequeno país era chamada *Elun'dris*, ou o "Olho de Eluna", e foi fundada à margem da fonte de poder. Os elfos noturnos também respeitavam seus laços com as florestas ao redor e sua miríade de habitantes. Cenarius guiava os elfos noturnos quando necessário, satisfeito com a sabedoria e a bondade que pulsava em seus corações.

Um dia, muitos dos elfos noturnos passaram a desejar uma vida diferente e se tornaram obcecados por desvendar os segredos da Nascente da Eternidade. Estudaram com rigor as energias arcanas da fonte, tornando-se feiticeiros ilustrados. Tendo dominado os poderes do lago arcano, construíram templos maravilhosos e estradas ao redor dele. A magia passou a ser essencial à vida dos elfos noturnos, encantados com o poder que levavam nas pontas dos dedos. A partir daquele momento, ampliar os limites de seu intelecto era a força motriz daquela cultura.

Foi nessa época, quando a sociedade dos elfos cresceu como nunca, que subiu ao poder a mais prolífica líder dos elfos noturnos: a rainha Azshara. Com sua ambição incontida, ela elevaria seu povo a níveis extraordinários... E lançaria as sementes de sua destruição.

A Rainha Azshara

Mais bonita e sábia que sua idade demonstrava, a rainha Azshara encarnava as características mais cobiçadas do seu povo. Ela se entregava ao estudo da feitiçaria, construindo um palácio de joias de tirar o fôlego às margens da Nascente da Eternidade. Ali, os nobres mais poderosos – conhecidos como os *quel'dorei* ou "altaneiros" – atendiam a todos os chamados da rainha.

Os altaneiros eram feiticeiros brilhantes e ambiciosos. Alguns, como Lady Vashj, eram damas de companhia leais e devotas à rainha. Outros, como Lorde Xavius, eram consultados por Azshara em questões políticas e atuavam como conselheiros de confiança. Não importava o papel que esses altaneiros desempenhassem ao lado da rainha, todos ocupavam o mais alto escalão da sociedade dos elfos noturnos. Eles acreditavam ser superiores aos outros de sua raça, o que provocava a ira dos elfos noturnos "mal-nascidos".

Mas tal desprezo não se estendia a Azshara. Embora a rainha tivesse o mais alto pedigree nobre, elfos noturnos de todos os estratos sociais a adoravam. Aquele povo era tão apaixonado por sua rainha que rebatizou a magnífica capital de *Zin-Azshari*, ou "a Glória de Azshara", em homenagem a ela.

Durante o governo de Azshara, a civilização dos elfos noturnos se transformou em um grande império, uma paisagem de sonhos de torres douradas, vastas cidades e outras maravilhas que não seriam vistas novamente nem mesmo na era moderna. Redes de viadutos luminescentes, banhados pela luz prateada de Eluna, irradiavam até as áreas mais distantes de Kalimdor.

A pedido de Azshara, forças expedicionárias partiram para explorar o mundo e ampliar as fronteiras do império. Muitas vezes retornavam a Zin-Azshari com exóticas amostras de flora e fauna e histórias das míticas revoadas dragônicas que governavam o teto do mundo. As forças expedicionárias também estabeleceram dezenas de postos avançados e depósitos, como Shandaral, na gelada floresta norte de Lunacanto, Then'Ralore, nas exuberantes matas centrais (depois conhecidas como Sertões) e Eldre'Thalas, nas selvas do sul de Feralas. A própria rainha supervisionou a construção de um assombroso novo templo a Eluna, uma grande construção de pontes incrustadas de pedras preciosas e lagos efervescentes no limite ocidental de Kalimdor. Ao ser concluído, ela batizou aquele fascinante recinto de *Lathar'Lazal*, ou "Trono do Céu".

Nunca desde o Império das Trevas um território crescera em tal tamanho e alcance. A imensa influência que Azshara tinha sobre o mundo e seus habitantes eclipsava até mesmo os mais ousados sonhos de poder de Lei Shen.

Contudo, havia um lugar que Azshara e suas forças evitavam: o Monte Hyjal. Os espíritos e semideuses que percorriam as matas selvagens perturbavam a rainha. Ela sabia, no fundo, que Hyjal de algum modo estava além até mesmo de sua influência. Era um lugar mergulhado em magia antiga, uma terra selvagem, indomável e imutável que estava em forte contraste com sua visão de um novo Kalimdor. Azshara proibira a expansão para Hyjal, alegando ser por respeito à antiga relação dos elfos noturnos com as florestas. Na verdade, ela desprezava as montanhas e a harmonia que representavam.

A opinião de Azshara sobre Hyjal era bem conhecida por Cenarius. Ele acompanhara com uma crescente preocupação a expansão do império dos elfos noturnos. Ano após ano, ficava cada vez mais frustrado com a insolência e as ações impensadas dos feiticeiros altaneiros. A maioria da sociedade dos elfos noturnos continuava a honrar as antigas formas de reverenciar a natureza. Saber que ainda havia elfos convivendo em harmonia com a terra aquecia o coração de Cenarius, mas ele sabia que não tinham influência sobre Azshara e seus arrogantes seguidores.

Com o passar do tempo, os elfos noturnos começaram a abandonar a diplomacia e a ignorar outras culturas de Azeroth. As crenças dogmáticas de Azshara relativas a pureza racial penetraram na psique dos elfos noturnos, criando uma atmosfera tomada pela xenofobia.

IMPÉRIO DOS ELFOS NOTURNOS

MAPA DE AZEROTH NO AUGE DO IMPÉRIO DOS ELFOS NOTURNOS

Gundrak
Zul'Aman
Suramar
Uldaman
Zul'Gurub

Apenas as nações hostis dos trolls despertavam a plena atenção dos elfos. De vez em quando travavam pequenas batalhas, e em todas elas os trolls cederam diante das magias devastadoras empregadas pelos elfos noturnos. Azshara, contudo, não estava interessada em conquista. A seus olhos, os trolls eram um incômodo menor e sua sede de batalha era um sintoma de mentes primitivas e não iluminadas. Por isso, a rainha fechou um acordo com a tribo zandalar, que tinha imensa influência sobre todos os outros trolls. Em troca do fim das incursões trolls ao território dos elfos noturnos, os zandalari seriam autorizados, por benevolência de Azshara, a ficar com as sagradas Montanhas Zandalar ao sul da Nascente da Eternidade.

Os trolls concordaram muito a contragosto, plenamente conscientes de que não tinham nenhuma chance contra os poderes arcanos de seus inimigos. Esse acordo vergonhoso alimentou o profundo ressentimento dos trolls contra os elfos noturnos, um ódio amargo que carregariam por gerações.

Agora que os trolls não eram mais uma ameaça, Azshara continuou a expandir seus domínios. Enquanto fazia isso, ela passava mais tempo no confinamento do seu palácio, obcecada com a Nascente da Eternidade e seus segredos arcanos. Ela acreditava que até aquele momento os elfos noturnos só haviam descoberto uma pequena parcela do poder da fonte. Ela forçou os altaneiros a investigar as profundezas da Nascente da Eternidade, para ampliar seu conhecimento e atingir novos níveis de avanço cultural e tecnológico.

Suas experiências irresponsáveis lançaram avalanches de magia pela Espiral Etérea. Como mariposas atraídas para as chamas, os habitantes demoníacos da Espiral foram ao encontro daquela fonte de poder.

Era apenas uma questão de tempo até que Sargeras e a Legião Ardente também percebessem. Finalmente Sargeras tinha descoberto a localização de Azeroth. A alma-mundo das fábulas. Sem demora, ele reuniu toda a sua fúria, todas as suas terríveis legiões demoníacas e voltou os olhos malignos para aquele mundo distante. Agora só precisava descobrir um modo de alcançar Azeroth.

Guerra dos Antigos

Dez mil anos antes do Portal Negro

Enquanto os altaneiros continuavam a fazer experiências com a Nascente da Eternidade, um jovem elfo noturno chamado Malfurion Tempesfúria honrava seus laços com a natureza. Tutelado pelo sábio Cenarius, ele se tornara o primeiro druida mortal de Azeroth. Malfurion se superou nos estudos, e costumava passar os dias vagando pelas florestas de Hyjal.

Cenarius estava muitíssimo satisfeito com a evolução de Malfurion. Ele sentira algo especial em seu aluno na primeira vez que o espírito do elfo noturno explorara o Sonho Esmeralda. Cenarius esperava que Malfurion disseminasse o druidismo entre os elfos noturnos e os ajudasse a retornar às suas raízes harmoniosas.

Mas isso não aconteceria com Azshara e seus seguidores. Sem que os elfos noturnos soubessem, os altaneiros haviam começado a confabular com Sargeras. O titã caído esperava usar os feiticeiros e sua grande magia para acelerar a viagem da Legião a Azeroth. Ele sabia que levaria eras para alcançar Azeroth sem um portal adequado.

Como havia feito com os eredar em Argus, Sargeras se ofereceu aos altaneiros e se aproveitou da arrogância deles. Lorde Xavius foi o primeiro dos altaneiros a ouvir o chamado de Sargeras. Sedento de

CENARIUS E MANNOROTH DURANTE A GUERRA DOS ANTIGOS

poder, Xavius rapidamente chamou a atenção de Azshara para Sargeras. O titã caído prometera conceder aos elfos noturnos e seus seguidores um poder inimaginável, permitindo-lhes transformar Kalimdor em um paraíso. Sargeras só pedia que Azshara e seus seguidores convocassem seus agentes ao mundo de Azeroth para que pudessem dar esse poder aos altaneiros.

Fascinada pelo poder de Sargeras, Azshara e seus altaneiros usaram as energias da Nascente da Eternidade para levar os comparsas da Legião a Azeroth. Ondas de guerreiros demoníacos se derramaram desde o palácio da rainha, assassinando todo elfo noturno em seu caminho com exceção de seus aliados altaneiros.

Liderados por seres como Mannoroth, o Destruidor, Hakkar, o Mestre da Matilha e Arquimonde, o Profanador, a Legião avançou pelo império dos elfos noturnos em uma onda de morte e destruição. Infernos calcinantes rasgavam os céus, abalando as cidades élficas, enquanto milhares de guardas da perdição sedentos de sangue e caçadores cruéis vorazes reduziam as florestas serenas de Kalimdor a brasas.

A guerra, de um tipo que nenhum império mortal havia um dia testemunhado, chegara a Azeroth.

Uma força de resistência dos elfos noturnos, liderada por um nobre chamado Lorde Kur'talos Cristacorvo, foi formada para resistir ao feroz massacre da Legião. Entre esses bravos defensores estavam Malfurion e seu gêmeo feiticeiro, Illidan, e a bela sacerdotisa que os dois irmãos amavam muito, Tyrande Murmuréolo. No fim, esses três heróis improváveis iriam mudar para sempre o destino de Kalimdor.

Embora no início as forças de Cristacorvo tivessem sofrido muitas derrotas contra os demônios, os elfos noturnos tiveram avanços. O próprio Malfurion desferiu um dos golpes iniciais mais decisivos na Legião e seus aliados altaneiros. Das profundezas do Sonho Esmeralda, ele lançou sua magia druídica sobre o leal servo de Azshara, Xavius, o derrubando. Não apenas isso destruiu um dos mais poderosos feiticeiros dos altaneiros, como também provou aos aliados de Malfurion o inacreditável potencial da magia druídica.

Illidan também se tornou inestimável para a resistência. Durante uma batalha, sua coragem e seu domínio da magia arcana lhe permitiram salvar a vida de Cristacorvo. Por esse gesto altruísta, Illidan foi nomeado o feiticeiro pessoal do comandante. Mais tarde, ele lideraria a legião de feiticeiros que combateria na resistência dos elfos noturnos.

A sacerdotisa Tyrande, por sua vez, se revelou uma das mais valorosas integrantes da Irmandade de Eluna. Com sua fé inabalável na benévola Eluna, ela salvou inúmeros inocentes da Legião saqueadora. Com o tempo, Tyrande se tornaria a alta-sacerdotisa de Eluna, a líder reverenciada de sua irmandade sagrada.

Contudo, mesmo com a bravura de resistências, cada vez mais demônios chegavam a Azeroth pelos portais dos altaneiros. A Legião aumentou seu contingente introduzindo uma nova raça de demônios, nascida dos habitantes do próprio Azeroth.

A primeira dessas abominações foi Xavius. Sargeras deformara o corpo do altaneiro derrotado em uma imagem demoníaca de chifres irregulares e cascos fendidos. Essa nova forma ficou conhecida como sátiro, e iria marcar Xavius como um servo eterno da Legião. Sob o comando de Sargeras, ele partiu para amaldiçoar muitos de seus colegas altaneiros, transformando-os em sátiros.

À medida que os números da Legião aumentavam e a guerra prosseguia, Malfurion se deu conta de que os elfos noturnos não conseguiriam vencer sozinhos. Ele convenceu Tyrande e Illidan a acompanhá-lo até a tranquila Clareira da Lua, perto do Monte Hyjal, onde eles invocaram Cenarius em busca de ajuda. O grande semideus concordou em convocar os poderosos Deuses Selvagens contra a Legião, mas eles eram seres imprevisíveis, desacostumados a lutar unidos.

Colocá-los em ação levaria tempo... Um luxo que os elfos noturnos não tinham.

Asa a Morte e a Alma Dragônica

Enquanto Cenarius reunia os Deuses Selvagens, Malfurion invocou os poderosos Aspectos Dragônicos para defender Azeroth. Liderados por Alexstrasza, a Mãe da Vida, os dragões se reuniram em seu antigo ponto de encontro, Templo do Repouso das Serpes, para discutir a melhor forma de deter a invasão da Legião.

Foi durante um desses encontros que Neltharion, o Guardião da Terra, propôs uma solução. Ele convenceu seus colegas Aspectos a sacrificarem uma parcela de seu poder e dá-la à Alma Dragônica, um artefato singular que ele mesmo projetara. Ele alegou que a arma concentraria os poderes de todos e varreria a Legião da face de Azeroth.

Sem que os outros Aspectos soubessem, Neltharion se tornara presa dos sussurros dos Antigos Deuses. Ao longo das eras, a influência vil das entidades conspurcara o leito de rocha que cercava suas prisões subterrâneas. A conexão que Neltharion naturalmente mantinha com a terra o tornava particularmente suscetível a esse mal. Aos poucos, as trevas tomaram o coração um dia grandioso do Aspecto. Neltharion foi dominado pelo sofrimento e pela loucura, o que o levou a criar a Alma Dragônica, embora ela posteriormente passasse a ser chamada por outro nome, mais adequado: a Alma Demônio.

Em meio a uma batalha furiosa entre a Legião e a resistência dos elfos noturnos, as cinco revoadas dragônicas lançaram seu ataque ao exército de Sargeras. Trabalhando em conjunto com seus camaradas, Neltharion liberou todo o poder da Alma Dragônica fortalecida e dizimou completamente a Legião. Mas no instante em que a esperança começava a aumentar entre os defensores, Neltharion voltou a arma contra seus novos aliados, tanto elfos noturnos quanto dragões.

O brutal ataque de Neltharion assassinou quase toda a Revoada Dragônica Azul. Embora os outros dragões tentassem detê-lo, acabaram sendo obrigados a fugir. Os elfos noturnos também ficaram horrorizados e chocados com a repentina traição. Como os dragões, retiraram-se do campo de batalha para escapar da ira de Neltharion.

Com as energias da Alma Dragônica fluindo por ele, Neltharion viu seu corpo começar a se romper. Um poder puro como o cerne fervilhante de um vulcão tomou conta de sua alma. Fissuras fumegantes se abriram por toda a pele escamosa de Neltharion, e desses ferimentos irromperam gêiseres de fogo branco e magma. Com um uivo de fúria, ele finalmente abandonou a luta e desapareceu nos céus.

Embora o ataque de Neltharion tivesse sido breve, mudara o mundo para sempre. Ele, sozinho, estraçalhara a unidade e o poder das grandes revoadas dragônicas. Elas nunca mais seriam as mesmas. Malygos, líder da Revoada Dragônica Azul, sofreria muito mais que qualquer outro Aspecto. Ao ver seus seguidores morrendo, ele enlouqueceu com um sofrimento que iria durar milhares de anos.

A partir de então, Neltharion seria conhecido como Asa da Morte. Sua traição amaldiçoaria sua própria revoada dragônica com uma vida de medo e isolamento. Nas eras seguintes, eles seriam caçados até quase a extinção pelos outros bandos por causa da imperdoável traição de Asa da Morte.

A Traição de Illidan

A traição de Asa da Morte foi um golpe terrível no moral dos elfos noturnos. Pior ainda, Illidan tinha desaparecido misteriosamente das fileiras. Muitos elfos noturnos temeram por sua vida, mas nenhum deles teria imaginado que o feiticeiro talentoso na verdade abandonara a resistência.

A decisão de Illidan de abandonar seu povo era fruto de sua relação com Malfurion. O feiticeiro sempre vivera à sombra do irmão. Embora Illidan também tivesse sido treinado por Cenarius, não tinha a paciência necessária para dominar o druidismo, então resolveu se voltar para a magia arcana. Durante a guerra, Illidan foi movido por uma ardorosa determinação de se colocar acima do irmão e se tornar um herói para seu povo.

Mas os feitos de Malfurion obscureceram os de Illidan em várias ocasiões. Isso tornava-se ainda mais evidente, e doloroso, pelo desejo do feiticeiro de conquistar o coração de Tyrande Murmuréolo. Quando Illidan finalmente reuniu coragem para revelar seu amor por ela, a sacerdotisa o rejeitou. Ele viu isso como um sinal de que Tyrande pretendia escolher Malfurion para ser seu companheiro.

Além dessa amarga rejeição, pensamentos soturnos atormentaram Illidan. Sem que o feiticeiro soubesse, o sátiro Xavius estava distorcendo sua mente e avivando as chamas de seu desespero.

A crescente insatisfação de Illidan acabou o levando a romper com a resistência dos elfos noturnos. Ele decidiu servir à Legião, esperando conquistar um poder inimaginável para qualquer elfo noturno. Illidan acreditava que assim que conseguisse isso iria finalmente superar Malfurion e provar ao mundo que era capaz de realizar feitos grandiosos.

Ao contrário do que se podia esperar, Illidan conseguiu uma reunião com o próprio Sargeras. Seu plano de roubar a poderosa Alma Dragônica intrigou o titã caído. Sargeras ficou tão satisfeito que concedeu um poder excepcional a Illidan. Ele marcou o corpo do elfo noturno com tatuagens vis e queimou seus olhos, iluminando os vazios com um fogo sobrenatural. Apesar da dor excruciante, esse ato final deu a Illidan a capacidade de ver uma variedade de formas de magia.

O fortalecido Illidan imediatamente partiu para roubar a Alma Dragônica. Ao longo dessa perigosa empreitada, o elfo noturno transgressor iria se deparar com Asa da Morte e testemunhar a forma desfigurada e atormentada do Aspecto. Para manter sua integridade, Asa da Morte cravou placas de adamântio em sua coluna.

A Derrota de Xavius

Malfurion finalmente derrotou Xavius durante um dos confrontos da guerra. Com a ajuda de um corajoso jovem elfo noturno chamado Shandris Plumaluna, Malfurion prendeu o lorde sátiro e deformou seu corpo e seu espírito, transformando-o em um carvalho retorcido. Contudo, o legado de Xavius permaneceria em Azeroth. Até hoje os sátiros ainda percorrem o mundo, contaminando a natureza com sua magia pervertida.

Por fim, Illidan tomou posse da Alma Dragônica e entregou o artefato aos altaneiros que aguardavam. Eles imediatamente usaram a arma na fase seguinte de seus planos. A Alma Dragônica se provaria vital para criar um enorme portal no coração da Nascente da Eternidade.

Um portal pelo qual o próprio Sargeras poderia penetrar no mundo de Azeroth.

Mais tarde, Illidan alegaria que seus atos foram por uma causa nobre, que ele servira à Legião para aprender mais sobre os demônios e descobrir meios de destruí-los. Ainda assim, sua busca inconsequente por grandeza o assombraria como um espectro, denegrindo para sempre a sua reputação.

SURAMAR E OS PILARES DA CRIAÇÃO

Enquanto batalhas eram travadas no centro de Kalimdor, um grupo dos servos de Azshara ficava cada vez mais preocupado com seu próprio futuro. Essa pequena seita de feiticeiros altaneiros atuava como uma extensão da vontade da rainha. De seu quartel-general, em Suramar, eles se dedicavam a atividades secretas com o objetivo de garantir o poder de Azshara e o fortalecimento do império.

Entre seus muitos deveres, esses altaneiros caçavam e se apossavam de artefatos de grande poder. A maioria dessas relíquias era estocada na Câmara de Antiguidades, um vasto depósito localizado em Suramar. Entre as maiores descobertas arqueológicas feitas por esse grupo de altaneiros estavam os muito perdidos Pilares da Criação, um conjunto extraordinário de relíquias que os guardiões ancestrais haviam usado para moldar e organizar Azeroth em eras anteriores.

Embora a elite altaneira de Suramar tivesse jurado eterna lealdade a Azshara, a visão que tinham da rainha começara a mudar no decorrer da guerra. A líder do grupo, a grã-magistra Elisande, temia que a Legião não tivesse em mente os interesses dos altaneiros. Os demônios monstruosos já haviam destruído muito do glorioso império dos elfos noturnos e envenenado a terra ao redor com sua magia vil.

A desconfiança que Elisande tinha da Legião apenas se aprofundou quando descobriu que os demônios estavam planejando transformar Suramar em uma nova base de operações para a guerra. Agentes da Legião haviam começado a criar um portal para a Espiral Etérea dentro da mais destacada estrutura da cidade, o Templo de Eluna. Uma vez aberto, esse portal permitiria que reforços da Legião invadissem Azeroth e esmagassem a resistência dos elfos noturnos em uma segunda frente.

Elisande achava que esse portal iria provavelmente destruir Suramar e todos que nela viviam. Assim, a grã-magistra e seus seguidores conceberam um plano para sabotar os esforços da Legião. Eles romperam seus laços com os outros altaneiros e se apressaram em fechar o novo portal dos demônios. Para fazer isso, Elisande e seus aliados apelaram aos poderosos artefatos que haviam reunido ao longo dos anos. Eles sabiam que os Pilares da Criação poderiam lhes oferecer o poder bruto de que precisariam para neutralizar o portal da Legião.

Com esses artefatos em mãos, Elisande e seus altaneiros lideraram um ataque aos demônios em Suramar. No instante em que o novo portal da Legião começava a ganhar vida, os feiticeiros usaram os Pilares da Criação para canalizar sua energia. Eles teceram um feitiço grandioso que fechou o portal uivante e o trancou com um conjunto de lacres invioláveis.

Embora tivessem frustrado a tentativa de criar um novo portal, os altaneiros rebeldes não planejavam se unir à resistência dos elfos noturnos e continuar combatendo a Legião. Temendo uma calamidade, Elisande e seus seguidores trabalharam para fortalecer suas instalações em Suramar. Eles usaram o Olho de Aman'Thul, um dos Pilares da Criação, para criar uma imensa fonte de magia arcana. Conhecida como Poço da Noite, essa fonte de poder iria nutrir os feiticeiros e protegê-los de ameaças futuras. Nos milênios por vir, a fonte também modificaria Elisande e seus aliados, transformando-os em uma nova raça: os nascidos da noite.

A Queda de Zin-Azshari e a Cisão do Mundo

Apesar de uma série de derrotas esmagadoras, a resistência dos elfos noturnos ainda mantinha as esperanças. Um corajoso novo líder, Jarod Cantonegro, assumira o comando. Ao contrário de seus antecessores, ele não tinha sangue nobre. Combatente feroz e estrategista brilhante, Jarod fez um grande esforço para fortalecer a resistência. Ele deixou de lado a xenofobia típica dos elfos noturnos e convidou muitas das outras raças de Azeroth – como os terranos, taurens e os poderosos pelursos – para o exército dos elfos noturnos.

A resistência também encontrou aliados entre seus inimigos altaneiros. Um grupo de feiticeiros, liderado por Dath'Remar Andassol, se dera conta de que sua fidelidade aos demônios levaria Azeroth à ruina. Esses altaneiros abandonaram Azshara e deram suas vidas à resistência.

Mesmo os Deuses Selvagens finalmente saíram das florestas estimulados por Cenarius, preparados para lutar com unhas e dentes pela resistência. As florestas tremeram quando esses gigantescos seres desceram marchando as encostas de Hyjal. Cada um deles tinha uma força e um poder que os demônios jamais tinham enfrentado. Alguns, como o lobo branco Goldrinn, superava em tamanho mesmo o maior dos demônios.

Com os Deuses Selvagens veio uma legião de outras criaturas fantásticas, incluindo as dríades da floresta e as quimeras de muitas cabeças. Até mesmo os esquivos arvorosos, poderoso povo-árvore dotado de grande sabedoria e força, se apresentaram para combater os demônios.

Sob o comando de Cantonegro, o exército combinado lançou um ataque ousado à própria Zin-Azshari. A resistência invadiu a cidade partida e se chocou com as fileiras aparentemente intermináveis da legião. O custo foi horrendo. Milhares de demônios tombaram, mas também muitos dos poderosos defensores de Azeroth. Os guerreiros sanguinários da Legião sufocaram até mesmo alguns dos Deuses Selvagens. Uma após a outra, essas criaturas primordiais sucumbiram às lâminas negras envenenadas e aos poderes vis empregados pelos demônios. A cada morte as florestas no alto do Hyjal estremeciam, e os ventos lamentavam.

Enquanto a batalha prosseguia, Malfurion e Tyrande viajaram até as margens da Nascente da Eternidade com uma pequena força de elite. Eles esperavam capturar a Alma Dragônica e impedir a Legião de usar seus poderes. Malfurion e seus aliados logo tiveram a companhia de Illidan, que alegou que sua antiga ligação com os altaneiros e a Legião havia sido apenas um artifício para descobrir seus métodos.

Embora Malfurion continuasse bastante desconfiado do irmão, uma ameaça muito maior demandava sua atenção. Ele descobriu que a Nascente da Eternidade havia se transformado em um gigantesco portal – uma passagem direta para o próprio Sargeras entrar em Azeroth.

Malfurion então se deu conta de que nenhum exército, por maior que fosse, poderia conter o terrível poder de Sargeras. Ele determinou que a vitória só poderia ser conseguida destruindo a própria Nascente da Eternidade. Embora tal ato fosse inimaginável, a Nascente da Eternidade era a ligação umbilical da Legião com o mundo físico. Malfurion sabia que destruir a fonte do poder determinaria o fim da civilização dos elfos como ele a conhecia, mas era a única chance de salvar o mundo.

Após tomar a Alma Dragônica, Malfurion e seus companheiros penetraram no palácio de Azshara. Eles descobriram que muitos dos altaneiros estavam tecendo um feitiço para fortalecer o portal dentro da Nascente da Eternidade. Em uma tentativa desesperada de desalinhar sua magia, Malfurion usou as poderosas energias da Alma Dragônica e atacou seus inimigos. O grande druida conjurou uma tempestade de raios colossal que devorou os céus acima do palácio arrasado. A tempestade assolou Zin-Azshari com ventos ferozes e uma muralha de raios, dizimando os demônios e altaneiros dentro da cidade.

Assim como Malfurion esperara, seu plano de perturbar os altaneiros e seu enorme portal funcionou. No instante em que Sargeras se preparava para emergir do portal, o feitiço dos altaneiros foi desfeito e um vórtice instável de energias arcanas irrompeu dentro da Nascente da Eternidade. A fonte tombou sobre si mesma. Nesse momento, Sargeras foi arrancado de volta para a Espiral Etérea. Energias voláteis se lançaram da Nascente da Eternidade que desmoronava, sugando a maior parte das fileiras da Legião para a Espiral. Enquanto seus rugidos de fúria ecoavam pela Espiral, enormes terremotos começaram a rasgar a crosta de Azeroth.

Malfurion e a resistência dos elfos noturnos haviam vencido, mas não tiveram tempo para saborear a vitória. O próprio mundo estava se desfazendo.

Os elfos noturnos debandaram da Nascente da Eternidade. A fonte por fim desmoronou, deflagrando uma explosão cataclísmica que escureceu os céus. Surgiu um oceano uivante para preencher o vazio deixado pela explosão, engolindo as ruínas de Zin-Azshari.

Quando os terremotos apocalípticos finalmente cessaram, os elfos noturnos sobreviventes viram que seu mundo havia sido feito em pedaços. O colapso da Nascente da Eternidade destruíra quase 80% da massa continental de Kalimdor, deixando apenas um punhado de continentes separados e pequenos arquipélagos. Uma tumultuosa tempestade de energias, conhecida como Voragem, engolira a própria Nascente da Eternidade. Aquele vórtice permaneceria girando eternamente, como uma lembrança do custo terrível da guerra.

Para os elfos noturnos e todas as outras criaturas vivas em Azeroth, o mundo havia mudado para sempre.

O Destino de Azshara e seus Altaneiros

A rainha Azshara e muitos de seus leais altaneiros sobreviveram à Cisão, mas não sem consequências. A implosão da Nascente da Eternidade os sugou para as profundezas sem fim da Voragem. Alguns foram amaldiçoados e deformados para sempre em uma nova e odiosa raça serpentina chamada de naga. Uma das mais poderosas entre essas abominações distorcidas foi a antiga dama de companhia da rainha, Lady Vashj. Escondidas do mundo, Azshara e ela iriam construir, sem chamar atenção, a capital naga de Nazjatar na fria escuridão do fundo do mar.

Os Fardos de Shaohao

Dez mil anos antes do Portal Negro

A Cisão dizimou a vida na superfície de Azeroth, mas uma região isolada no sul de Kalimdor escapou milagrosamente da destruição: Pandária. Durante séculos, uma sequência de imperadores pacíficos tinha governado aquela terra misteriosa. Antes da invasão da Legião Ardente, um novo governante pandaren ascendera ao trono, cheio de confiança e esperanças no futuro.

Seu nome era Shaohao e, embora ele não soubesse na época, seu reinado marcaria o início de um novo capítulo na história de Pandária.

Como era tradição entre os novos imperadores, Shaohao consultou um místico jinyu que lia nas águas o que o futuro lhe reservava. A notícia que ele recebeu foi sinistra: o jinyu previu uma horrenda invasão de demônios famintos, reinos envolvidos em um fogo verde doentio e a própria terra uivando de dor e sofrimento.

Atormentado pela incerteza, Shaohao foi ver os lendários Celestiais Majestosos e seu grande amigo Rei Macaco para elucidar aquela visão terrível. Com a ajuda deles, o imperador expulsou as emoções sinistras que perturbavam seu coração: dúvida, desespero, medo, raiva, ódio e violência. Enquanto fazia isso, essas características negativas ganharam forma física, manifestando-se como poderosas entidades espirituais conhecidas como sha.

Shaohao usou sua sabedoria para combater esses sha uma a uma, e trancá-las bem fundo abaixo de Pandária. Elas permaneceriam lá, apodrecendo sob a terra. Para vigiá-las, Shaohao criou os Shado-Pans, uma ordem de elite de soldados pandaren altamente qualificados.

Tomado por uma nova confiança e com outro objetivo em mente, Shaohao se dedicou a poupar Pandária da Cisão que viria. Ele planejava fazer isso separando sua terra do resto de Kalimdor. O imperador realizaria sua grandiosa tarefa no coração de Pandária, no sagrado Vale das Flores Eternas.

No vale, Shaohao concentrou seus poderes para separar seu império de Kalimdor. Mas, por mais que tentasse, não conseguia. Suas dúvidas e temores voltaram. Do outro lado de Pandária, os sha aprisionados ganharam vida e se regalaram com as incertezas do imperador.

Enquanto a magia vil da Legião acendia os céus, Shaohao desesperadamente invocou a ajuda do mais sábio dos Celestiais Majestosos: a Serpente de Jade. Ela apareceu nos céus agitados e contou a Shaohao que Pandária era mais que apenas o império *dele*. Tudo em Pandária estava interligado. Tudo em Pandária era um.

Foi então que Shaohao entendeu o conselho da Serpente de Jade. Para salvar sua terra, ele precisaria fundir-se a ela. Apesar de sonhar ter uma vida longa e próspera, ele sabia que não seria assim.

Com sua mente clara e o coração voltado para a tarefa que tinha em mãos, Shaohao fundiu seu espírito com a própria terra e a forçou a se separar do resto de Kalimdor. Sua própria essência envolveu Pandária em uma névoa densa que a esconderia do mundo exterior e a protegeria da terrível Cisão.

Pelos dez mil anos seguintes, Pandária permaneceria escondida, e se transformaria em lenda.

O Sha do Orgulho

Houve uma emoção negativa que Shaohao nunca conseguiu eliminar de si: o orgulho. Ela permaneceria silenciosamente à espreita em Pandária por milênios após o imperador ter poupado seu povo e sua terra da Cisão.

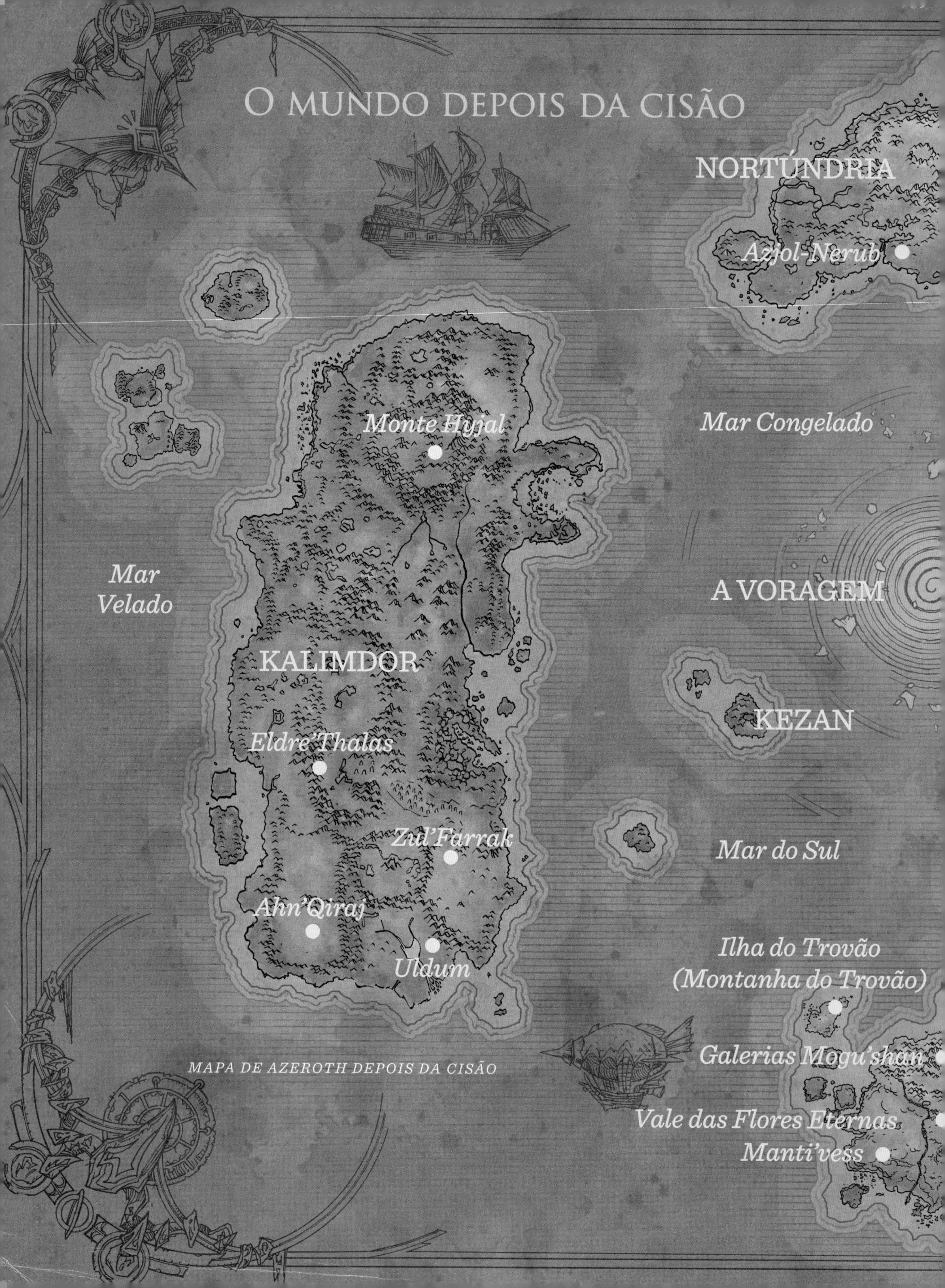

MAPA DE AZEROTH DEPOIS DA CISÃO

Ulduar
Mar do Norte
Gundrak
Shandaral
Templo do Repouso das Serpes
Zul'Aman
REINOS
DO LESTE
AS ILHAS PARTIDAS
Suramar
Nazjatar
Tumba de Sargeras
Uldaman
O Grande Oceano
O
Mar
Proibido
ZANDALAR
Zul'Gurub
PANDÁRIA
A ILHA ERRANTE

O REINO DE QUEL'THALAS
DOS ELFOS SUPERIORES

CAPÍTULO IV
UM NOVO MUNDO

CAPÍTULO IV
UM NOVO MUNDO

MONTE HYJAL E A ÁRVORE DO MUNDO
DEZ MIL ANOS ANTES DO PORTAL NEGRO

A Cisão partira o mundo. A Nascente da Eternidade se fora, assim como a fonte antes cobiçada do poder arcano dos elfos noturnos. Desesperados por um abrigo, os elfos noturnos sobreviventes fugiram para o Monte Hyjal, a noroeste, um dos poucos lugares de Azeroth que não tinham sido devastados.

A caminho de Hyjal, Malfurion Tempesfúria e os outros elfos noturnos concluíram que a magia arcana não era segura. Eles concordaram em proibir seu uso para evitar outra catástrofe como a Guerra dos Antigos. No entanto ao chegar ao cume do Hyjal, ficaram horrorizados ao descobrir uma segunda Nascente da Eternidade, desta vez menor. Igualmente chocante foi a figura que encontraram de pé na margem da fonte: Illidan.

Antes da Cisão, Illidan enchera vários frascos com o líquido encantado da Fonte da Eternidade original. Ele vertera alguns deles no lago no alto do Hyjal, transformando as águas idílicas em outra fonte de poder arcano.

Alguns dos elfos noturnos confrontaram Illidan, e seu irmão Malfurion foi obrigado a contê-lo. Mas Illidan insistiu na ideia de que uma nova Nascente da Eternidade era necessária. Com ele, os elfos noturnos teriam o poder arcano de que precisavam para expulsar a Legião Ardente quando – não *se*, mas *quando* – ela retornasse.

Embora alguns dos altaneiros sobreviventes concordassem com Illidan, a maioria dos elfos noturnos não. Eles o censuraram por seu ato imprudente e egoísta, alegando que uma nova Nascente da Eternidade poderia ser usada como um portal para a Legião. Mesmo assim, Illidan não via motivos para se arrepender.

Não vendo outra solução, os elfos noturnos decidiram acertar as contas com Illidan de uma vez por todas. No final foi tomada a decisão de aprisionar o feiticeiro. O próprio Malfurion aplicaria a punição. Com a ajuda de Cenarius, ele acorrentou Illidan no fundo de uma tumba coberta de terra. Malfurion depois encarregou a sacerdotisa Maiev Cantonegro de vigiar o feiticeiro transgressor. Ela depois assumiria o cargo de carcereira, fundando uma ordem de elite secreta de carcereiros elfos noturnos.

Ao tomar conhecimento do segundo poço, três dos grandiosos Aspectos Dragônicos seguiram para Hyjal. Assim como os elfos noturnos, eles sabiam que, enquanto existisse a fonte de poder, a Legião teria meios para invadir Azeroth novamente. Assim, o Aspecto da Vida, Alexstrasza, usou uma semente encantada para fazer brotar uma árvore poderosa sobre a Nascente da Eternidade. Os galhos da árvore logo se ergueram acima do lago, tocando a barriga do céu. Suas raízes penetraram fundo na terra, espalhando energias vitais

OS ASPECTOS DRAGÔNICOS ABENÇOAM A ÁRVORE DO MUNDO NORDRASSIL

pelo mundo arrasado pela guerra. A partir de então, aquela árvore grandiosa isolaria a nova Nascente da Eternidade, impedindo a Legião ou qualquer outro de abusar de seus poderes.

Malfurion e os outros elfos noturnos olharam para essa colossal Árvore do Mundo e a chamaram de *Nordrassil*, a "Coroa dos Céus". Eles juraram manter sua segurança e proteger a Nascente da Eternidade a qualquer custo.

Para honrar essa decisão, os Aspectos Dragônicos resolveram abençoar os elfos noturnos para que pudessem cumprir a tarefa com sucesso. Alexstrasza dotou Nordrassil de força e vitalidade renovadas, que também se estenderia aos elfos noturnos.

O Aspecto dos Sonhos, Ysera, então abençoou a árvore, unindo-a, e os druidas elfos noturnos ao Sonho Esmeralda. Antes, Malfurion e seus seguidores tinham vagado pelo reino de Ysera, mas isso demandava uma difícil meditação. O novo encantamento de Nordrassil permitiria a esses druidas viajar para o Sonho sempre que desejassem.

Finalmente, Nozdormu, o Aspecto do Tempo, teceu suas energias pelos galhos e raízes de Nordrassil, garantindo que enquanto a árvore permanecesse de pé os elfos noturnos teriam imortalidade.

Então os Aspectos retornaram a seus abrigos ocultos. Por causa daqueles encantos, a segunda Nascente da Eternidade não serviria mais como um farol para os demônios, nem a Legião poderia usá-lo como um portal para Azeroth. Ele se tornaria um símbolo da ligação dos elfos noturnos com o mundo natural, um monumento sagrado que fortalecia sua raça com imunidade a doenças, males e envelhecimento.

As Sentinelas

Nove mil e quatrocentos anos antes do Portal Negro

Com o passar dos séculos, a próspera sociedade dos elfos noturnos se expandiu para as florestas densas do Vale Gris, ao sul do Monte Hyjal. Tyrande Murmuréolo, alta-sacerdotisa da Irmandade de Eluna, liderou seu povo na reconstrução de sua sociedade. Sua ordem era a única em condições de preencher a lacuna no governo dos elfos, pois saíra da Guerra dos Antigos relativamente ilesa.

Tyrande habilmente tornou a irmandade líder tanto do governo dos elfos noturnos quanto dos militares. Ela também criou uma nova força de combate: as sentinelas. Composta de guerreiras devotas e muito bem treinadas, essa ordem se dedicava a proteger a nascente sociedade dos elfos noturnos. As sentinelas patrulhavam seu enevoado lar na floresta, fazendo amizade com as criaturas nativas da área e montando guarda contra qualquer ameaça.

Enquanto isso, Malfurion continuou a estimular o druidismo entre seu povo. Tendo abandonado a magia arcana, muitos antigos feiticeiros adotaram os ensinamentos de Malfurion e se dedicaram a viver em harmonia com a natureza. Esses primeiros druidas não incorporaram rígidos códigos militares e hierarquia como as sentinelas. Os seguidores de Malfurion eram livres para explorar as profundezas do Sonho Esmeralda como desejassem. Também faziam experiências metamórficas, assumindo as formas de poderosos ursos, elegantes sabres da noite, corvos velozes e muitos outros animais que percorriam as profundezas da floresta.

Os druidas mergulhavam em longos períodos de hibernação enquanto viajavam pelo Sonho. Esse distanciamento frustrava Tyrande e suas sentinelas. Embora elas buscassem a ajuda dos druidas para proteger as terras dos elfos noturnos, poucos dos seguidores de Malfurion costumavam estar despertos para atender ao chamado.

Shandris Plumaluna

Entre as sentinelas, havia algumas que tinham lutado corajosamente durante a Guerra dos Antigos. A principal delas era Shandris Plumaluna. Tendo ficado órfã durante a invasão da Legião, ela foi adotada por Tyrande. A jovem Shandris se destacou em várias lutas ao longo do conflito. Seus feitos heroicos garantiram a ela um lugar ao lado de Tyrande. Quando as sentinelas foram criadas, Shandris foi nomeada capitã da nova ordem.

Enquanto essas mudanças na sociedade dos elfos noturnos ganhavam forma, um velho inimigo reunia forças em Kalimdor. Depois da Guerra dos Antigos, os sátiros remanescentes permaneceram à espreita nas sombras do mundo, esperando para contra-atacar os elfos noturnos. Finalmente, uma dessas aberrações corníferas, Xalan, o Temido, deu essa chance aos seus. Ele reuniu os sátiros e os preparou para a guerra.

A ascensão de Xalan também chamou a atenção dos membros da Legião Ardente presos em Azeroth depois da Cisão. Guardas da perdição e outros seres ímpios emergiram de tocas escuras, atraídos pela convocação do sátiro. Aquele exército demoníaco unificado lançou seu primeiro ataque brutal à fortaleza dos elfos noturnos de Trilha da Noite, lançando a frágil sociedade novamente em guerra.

A Guerra dos Sátiros

Nove mil e trezentos anos antes do Portal Negro

Os elfos noturnos sofreram terríveis baixas com os primeiros ataques dos sátiros. Mas o curso da batalha logo mudou quando Shandris Plumaluna, filha adotiva de Tyrande e capitã das sentinelas, apresentou uma nova estratégia para combater os demônios. Ela sugeriu que os druidas fossem convocados de suas temporadas no Sonho Esmeralda para que pudessem integrar a força de combate.

Ao ver como Xalan havia agredido as florestas dos elfos noturnos, Malfurion concordou com o pedido de Shandris e convocou os druidas mais poderosos de Kalimdor para que viessem ao seu encontro. Uma vez unidos, druidas e sentinelas atacaram o coração do território dos sátiros. As brilhantes táticas de guerrilha de Shandris levaram os elfos noturnos a superar muitos de seus inimigos, incluindo o próprio Xalan.

Embora os elfos noturnos tivessem tido vitórias na guerra, uma nova ameaça surgiu em suas próprias fileiras. Os worgens eram um grupo dissidente de druidas, que havia assumido a forma de lobos selvagem, buscando canalizar a fúria do Deus Selvagem Goldrinn. Liderados por Ralaar Presardente, esses ferozes druidas eram escravos da própria fúria, e atacavam tanto amigos quanto inimigos durante a batalha. Elfos noturnos mordidos pelos lobos selvagens contraíam uma maldição fatal que também os transformava em worgens.

A catástrofe dos worgens obrigou Malfurion a refletir sobre o estado do druidismo. Ele concluiu que, sem alguma forma de controle, seria difícil impedir que indivíduos como Ralaar fossem longe demais na prática

WORGENS, SÁTIROS E ELFOS NOTURNOS CONFRONTAM-SE NA GUERRA DOS SÁTIROS

do poder druídico. Assim, Malfurion e seus seguidores criaram o Círculo Cenariano, uma ordem harmoniosa que iria guiar e fiscalizar os druidas do mundo e suas práticas.

A primeira grande tarefa do Círculo Cenariano foi lidar com a ameaça worgen. Vendo que não havia outra opção, Malfurion baniu, contra sua vontade, Ralaar e seus worgens para o Sonho Esmeralda. Malfurion acreditava que lá eles mergulhariam em um eterno sono pacífico sob a árvore encantada Daral'nir.

Depois do banimento dos worgens, qualquer esperança que os sátiros tivessem de conseguir a vitória foi perdida. Os elfos noturnos tomaram conta do domínio de seus inimigos até a maior parte da floresta ter sido expurgada de corrupção. Os poucos sátiros remanescentes se retiraram para as sombras. Eles nunca mais representariam uma ameaça tão grande à sociedade dos elfos noturnos.

O Exílio dos Elfos Superiores

Sete mil e trezentos anos antes do Portal Negro

Nos séculos posteriores à Cisão, os altaneiros que sobreviveram tentaram se incorporar à nova sociedade dos elfos noturnos. No entanto, muitos deles encontraram dificuldade em fazer isso. Eles achavam irresistível a tentação de mergulhar na magia arcana, a despeito das leis rígidas banindo a feitiçaria.

Com o tempo, esses altaneiros foram alertados diversas vezes para que parassem de ocuparem-se com os poderes do outro mundo – a pena para criminosos reincidentes era a morte. A despeito dessa punição radical, os altaneiros não conseguiram parar. O apelo da energia arcana simplesmente era forte demais para ser ignorado.

Um reverenciado elfo altaneiro chamado Dath'Remar Andassol se revoltou contra as restrições e punições impostas à sua classe. Ele proclamou que o poder arcano era direito de nascença dos altaneiros e que qualquer um que o temesse era um covarde. Acompanhado de seus seguidores, ele começou a praticar as artes arcanas sem medo ou inibição, desafiando os outros elfos noturnos a agir.

Para Dath'Remar e os outros altaneiros, usar magia arcana era mais do que um simples ato de rebeldia. Eles sempre haviam acreditado que os elfos noturnos estavam destinados à grandeza. Embora esses altaneiros não tivessem concordado inteiramente com as malfeitorias de Azshara, no fundo sabiam que a sociedade dos elfos noturnos poderia voltar a se transformar em um império poderoso. Mas para fazer isso eles precisariam retomar os estudos do poder arcano e voltar a praticá-lo.

A imprudência dos altaneiros foi tão repentina quanto chocante. No fim, os outros elfos noturnos não conseguiram sentenciar à morte tantos de seus irmãos e irmãs. Em vez disso, proibiram os altaneiros de colocar os pés em Hyjal novamente. Dath'Remar e seus seguidores foram exilados, isolados das energias da Nascente da Eternidade.

A maioria dos altaneiros aceitou o banimento muito satisfeita. Eles finalmente estavam livres das restrições dos outros elfos noturnos. Guiados por Dath'Remar, construíram uma frota de navios poderosa, e então içaram velas, trocando Kalimdor por qualquer terra que pudesse haver além da violenta Voragem. A determinação dos altaneiros foi recompensada quando eles desembarcaram em um novo continente, alguns anos depois. Essa região, cheia de vida selvagem exuberante e florestas, ficaria conhecida como Reinos do Leste.

A Dinastia Andassol

Dath'Remar Andassol veio de uma longa linhagem de altaneiros ilustres, todos os quais haviam servido ao trono dos elfos noturnos. Seu nome era algo estranho entre sua raça de adoradores da lua. Os ancestrais de Dath'Remar tinham escolhido "Andassol" para simbolizar sua tendência a lidar com o desconhecido, romper expectativas e assumir riscos em sua busca por grandeza. Como seus corajosos ancestrais, Dath'Remar manteve essa tradição com orgulho.

Os altaneiros viajaram a pé durante meses antes de finalmente se instalarem em um lugar marcado por uma estranha mão prateada – uma terra chamada de Tirisfal pelas tribos de humanos primitivos que habitavam a região. No início, esses humanos raramente interagiam com os altaneiros, mas, com o passar do tempo, começaram a contar lendas de um corajoso guardião de pele metálica chamado Tyr, que se sacrificara para matar um inimigo monstruoso em Tirisfal.

De fato, os altaneiros haviam detectado poderosas energias meridianas na terra – ao contrário dos humanos primitivos, que não conseguiam percebê-las. Não era uma Nascente da Eternidade, mas aquele resquício de presença sobrenatural intrigou os experientes praticantes de arcanismo. Alguns elfos especularam que, com o tempo, conseguiriam liberar seus segredos e devolver a si mesmos sua antiga glória.

Eles estavam desesperados para alcançar seus objetivos. Após terem sido exilados da Nascente da Eternidade, os altaneiros começaram a apresentar sinais de envelhecimento e doença. Sua pele até mesmo perdera o tom violeta, e eles haviam começado a encolher. Os altaneiros temiam que os efeitos fossem apenas piorar com o tempo.

Liderados por Dath'Remar, começaram uma nova vida nas Clareiras de Tirisfal e, por algum tempo, viveram em paz e desfrutaram de sua independência. Até que um dia, durante suas investigações da magia latente da região, encontraram tons de energia negra. Esses poderes das sombras levaram à loucura alguns dos altaneiros. Afirmavam que os humanos tinham construído seu assentamento sobre as mais poderosas linhas do meridiano da região. Portanto, os altaneiros deveriam obrigá-los a emigrar – ou mesmo dominar aqueles seres primitivos de forma definitiva.

Dath'Remar não concordava. Ele não queria declarar guerra contra um povo que não representava qualquer ameaça. O sábio líder também sentia as energias negras emanando da terra, e conjeturava que elas poderiam ser responsáveis pelo repentino aumento da beligerância e da loucura que afetava os altaneiros.

Assim, Dath'Remar decidiu levar seu povo para longe de Tirisfal, evitar a violência e poupá-lo de mais calamidades. Os batedores de Dath'Remar haviam descoberto uma região tomada por florestas luxuriantes e poderosas energias meridianas ao norte. Portanto, o líder determinou que os altaneiros seguiriam para lá e tentariam criar um novo lar. Dessa forma, aquele povo atormentado partiu para o desconhecido.

A Longa Vigília

Sete mil e trezentos anos antes do Portal Negro

O exílio dos altaneiros encerrou um capítulo desfavorável na história dos elfos noturnos. Mesmo assim, Tyrande e Malfurion não tiveram tempo de descansar.

Malfurion e o Círculo Cenariano trataram de restaurar o equilíbrio da natureza e curar as terras ainda poluídas pela degeneração demoníaca. Grande parte do trabalho foi feito em conjunto com Ysera e sua revoada de dragões verdes, alcançando as profundezas do Sonho Esmeralda por meio de trilhas sinuosas. Malfurion e os outros druidas hibernaram por décadas, um de cada vez, e suas formas oníricas vagaram pelo reino de Ysera.

Tyrande, Shandris e as sentinelas continuaram a proteger o domínio dos elfos noturnos. Elas patrulhavam as florestas sem descanso, sempre atentas a outro ressurgimento demoníaco. Isso garantiu àquele povo um período de paz e tranquilidade desejado havia muito tempo. A vida nas florestas e bosques de Hyjal prosperou.

Com o tempo, os guardiões encantados dos bosques e as dríades das florestas saíram de seu esconderijo na Clareira da Lua. Os elfos noturnos reverenciavam essas criaturas, pois eram os filhos e as filhas do próprio Cenarius. Sua presença na paisagem selvagem do Vale Gris foi vista como um sinal de que melhores tempos viriam.

Assim como os guardiões dos bosques e as dríades, outras criaturas passaram a ser vistas em campo aberto com maior frequência. Os sábios arvorosos, os discretos dragoletas e as míticas quimeras começaram a percorrer as florestas perto das terras dos elfos noturnos. Nos séculos seguintes, os elfos noturnos iriam formar fortes laços com essas criaturas fay e invocá-las quando estivessem em apuros.

Com Malfurion no Sonho Esmeralda, a tarefa de cuidar das atividades diárias dos elfos noturnos cabia a Tyrande. A tarefa da liderança era exigente, mas ela gostava disso. Mas, a despeito da esperança e do otimismo crescentes entre os elfos noturnos, Tyrande não conseguia se livrar da sensação de que tempos terríveis viriam pela frente. Eles haviam banido a Legião Ardente, mas não matado Sargeras. Tyrande acreditava piamente que o titã caído estava em algum lugar na escuridão entre as estrelas, planejando outro ataque. Talvez fosse apenas uma questão de tempo antes que Sargeras recompusesse sua Cruzada Ardente para dizimar toda a vida.

Se esse dia chegasse, Tyrande esperava que ela e seu povo estivessem prontos para isso.

A FUNDAÇÃO DE QUEL'THALAS

SEIS MIL E OITOCENTOS ANOS ANTES DO PORTAL NEGRO

Longe das florestas densas do Vale Gris, Dath'Remar Andassol e os altaneiros continuaram sua busca por um lar nos Reinos do Leste. Eles seguiram as trilhas de essência mágica, buscando a confluência de linhas do meridiano que seus batedores haviam identificado no norte. A jornada dos altaneiros provou ser inesperadamente brutal. Uma nevasca terrível os impediu de prosseguir a viagem por quase um mês, deixando-os presos nas passagens nas montanhas.

Os altaneiros logo se deram conta de como haviam se tornado vulneráveis sem a Nascente da Eternidade. Pela primeira vez na história, eles começaram a morrer de fome. Apenas a compaixão de alguns humanos primitivos que viviam nas montanhas impediu que toda a expedição perecesse na fúria do inverno.

Assim que a tempestade passou, os altaneiros seguiram em frente, abalados, mas determinados a encontrar um novo lar. À medida que chegavam mais perto da terra que os batedores haviam encontrado, a esperança aquecia seus corações desgastados. Florestas verdejantes cobriam o terreno e o chão sob os pés dos altaneiros estalava com poderosas linhas de magia. Os elfos logo descobriram que outra raça também tinha aquela região como lar: os bárbaros trolls amani.

A chegada dos altaneiros enfureceu os trolls, que guardavam um ódio amargo dos elfos desde os tempos da rainha Azshara. Os amani imediatamente enviaram grupos de ataque, e os altaneiros logo aprenderam a temer as emboscadas dos trolls nas florestas densas. Mas os elfos insistiram em seguir em frente, usando sua força mágica para dizimar qualquer amani que ousasse cruzar seu caminho. Logo os trolls também aprenderam a caminhar com cautela. Os conflitos constantes nutriram a hostilidade entre os amani e os altaneiros.

A despeito da ferocidade dos trolls, os elfos finalmente chegaram ao cruzamento de linhas do meridiano que estavam buscando. Correntes poderosas de energia arcana convergiam nas florestas vibrantes. Dath'Remar proclamou que era ali que eles iriam recomeçar a sua civilização.

Diante dos olhos de seus seguidores, Dath'Remar revelou algo que tinha mantido em segredo durante a longa e torturante jornada rumo norte: um frasco cheio das águas encantadas da primeira Nascente da Eternidade. Pouco antes dos altaneiros terem sido exilados do Monte Hyjal, ele tinha surrupiado um dos frascos remanescentes de Illidan Tempesfúria que estavam sob os cuidados dos elfos noturnos.

Dath'Remar esvaziou-o em um pequeno lago no centro do cruzamento e uma brilhante fonte de energia rasgou os céus de Azeroth. Os altaneiros chamaram esse glorioso berço de poder de "Nascente do Sol", em homenagem a Dath'Remar e sua corajosa jornada para reascender a cultura élfica.

A partir de então, os altaneiros abandonaram a tradicional adoração da lua e se voltaram para o sol, sua nova fonte de energia. Com o tempo, eles seriam conhecidos por um novo nome: elfos superiores. O volume de poder arcano disponível aos elfos aumentou em um grau impressionante. Muitos proclamaram que Dath'Remar levara à salvação a eles. Chamaram a nova terra de *Quel'Thalas*, ou "Lar Elevado", e declararam que ele sobrepujaria a civilização dos elfos noturnos e permaneceria como um monumento às eras.

Mas os trolls não viam isso com bons olhos. Os elfos superiores tinham construído seu novo reino sobre antigas ruínas amani – que ainda eram consideradas sagradas pelos trolls. Com um contingente dez vezes maior que o dos elfos, os amani lutaram ferozmente para expulsar os invasores de sua terra sagrada.

Os elfos superiores lançaram mão de todo o poderio de sua nova força, contendo por pouco os ataques dos trolls. O próprio Dath'Remar liderou quase todas as batalhas contra os ferozes amani. Pouco a pouco, os elfos consolidaram as fronteiras de seu reino, garantindo um novo lar, pago com o sangue de seus irmãos e irmãs.

Muitos dos elfos superiores ficaram preocupados com o uso desenfreado da magia arcana, temendo que isso pudesse novamente atrair a Legião Ardente para Azeroth. Dath'Remar designou seus arcanistas mais poderosos para encontrar uma solução. Durante décadas, eles construíram uma série de runas monolíticas ao longo das fronteiras de Quel'Thalas. Essa barreira foi chamada de *Ban'dinoriel*, "o Guarda-Pórtico" na língua dos elfos superiores. Ela impediria que outros detectassem o uso de magia arcana pelos elfos, e também afastaria os supersticiosos amani.

Os trolls finalmente recuaram para sua cidade sagrada de Zul'Aman. Decidiram ser mais seguro emboscar comboios élficos que fossem além da barreira mágica do que lançar um ataque em grande escala a Quel'Thalas. E logo foi criado um grupo de elite de patrulheiros dos elfos superiores para combater essa ameaça.

A civilização prosperava dentro das fronteiras de Quel'Thalas. Não tendo mais medo de usar a magia, os elfos superiores criaram obras maravilhosas e inundaram sua terra em uma primavera eterna. Nunca mais eles passariam por outro inverno tão brutal quanto o que tinham sofrido a caminho daquela terra. Sua capital, Luaprata, tornou-se um memorial reluzente ao antigo império dos elfos.

Com o novo império consolidado, Dath'Remar renunciou à liderança. Sua linhagem herdaria um reino de paz e prosperidade. Mas essa era chegaria ao fim quando o bisneto de Dath'Remar, Anasterian, assumisse a liderança. Ele chegaria ao poder em uma época em que seu povo novamente enfrentava uma guerra contra os trolls.

A Maldição do Canto Cristalino

Seis Mil Anos Antes do Portal Negro

Enquanto Quel'Thalas florescia, outras comunidades de altaneiros espalhadas pelo mundo lutavam para sobreviver. Uma dessas comunidades vivia na cidade de Shandaral, um depósito de relíquias e artefatos arcanos. No auge do império dos elfos noturnos aquele posto avançado tinha sido criado no limite norte de Kalimdor. Depois da Cisão, o principal continente de Azeroth foi dividido em vários territórios. Naquele momento, Shandaral e seus altaneiros estavam no coração gelado de um continente cruel conhecido como Nortúndria.

Os altaneiros de Shandaral permaneceram totalmente isolados, longe de seus primos em Kalimdor e nos Reinos do Leste. A distância da segunda Nascente da Eternidade os deixava vulneráveis a doenças e outros sofrimentos. Mas, ao contrário dos seguidores de Dath'Remar, os altaneiros de Shandaral não tinham nenhum frasco de água da Nascente da Eternidade. Não tinham como criar uma fonte alternativa de poder. Durante séculos esses altaneiros vasculharam a floresta de Lunacanto, nos arreadores, em busca de meios de se sustentar.

Nessa época eles testemunharam integrantes da Revoada Dragônica Azul usando feitiços para cristalizar coisas vivas e extrair poderes delas. Embora os dragões fizessem isso por simples curiosidade, os elfos consideraram a técnica uma forma de acabar para sempre com o seu sofrimento.

Os altaneiros tentaram se aproximar dos dragões, mas foram ignorados ou, em alguns casos, recebidos com clara hostilidade. Por desespero, um grupo de feiticeiros altaneiros penetrou no maravilhoso esconderijo da revoada azul, o Nexus. Os altaneiros conseguiram aprender as técnicas dos dragões, mas a ganância também os levou a tomar mais do que tinham ido buscar. Os elfos afanaram algumas das poderosas relíquias estocadas no Nexus. Ao fazer isso, deflagraram alarmes mágicos, o que deixou os dragões azuis nervosos. Embora os ladrões altaneiros tivessem escapado com vida, sabiam muito bem que poderiam esperar uma retaliação.

Esse dia chegou logo. Dezenas de dragões azuis se lançaram sobre Shandaral, espumando de indignação com o roubo de suas preciosas relíquias pelos "inferiores" altaneiros. Os feiticeiros elfos, desesperados para afastar seus inimigos, se reuniram em um penhasco gelado debruçado sobre Lunacanto. Lá eles concordaram em usar as técnicas apreendidas no Nexus. Em um só movimento, os feiticeiros altaneiros concentraram seu poder, esperando cristalizar uma pequena parcela da floresta e usar sua energia como arma para aniquilar os dragões.

O feitiço foi um desastre. O ato descuidado dos altaneiros produziu uma explosão ofuscante visível até mesmo de Kalimdor e os Reinos do Leste. A avalanche de energia ensurdecedora cristalizou toda a floresta de Lunacanto em questão de instantes. Os dragões azuis, sentindo a proximidade do feitiço, fugiram antes que o desastre se abatesse. As formas físicas de todas as outras criaturas vivas na região foram estraçalhadas pela liberação de energia. Seus espíritos, embora deformados pelo poderoso feitiço, permaneceram intactos, condenados a vagar aturdidos pela terra assombrada que ficaria conhecida como a Floresta do Canto Cristalino.

A DERRUBADA DE ANDRASSIL

QUATRO MIL E QUINHENTOS ANOS ANTES DO PORTAL NEGRO

Quando a Cisão partiu Azeroth a devastação tectônica sacudiu os Deuses Antigos cativos e enfraqueceu suas prisões forjadas pelos guardiões. O acontecimento apocalíptico também despertou as entidades malignas para novos graus de consciência mortal. Ao longo dos milênios que se seguiram, grandes tentáculos de corrupção brotaram das prisões danificadas dos Deuses Antigos e foram subindo para a superfície do mundo. Nortúndria, onde Yogg-Saron estava aprisionado, sofreu alguns dos efeitos mais graves. Afloramentos supurados de um novo mineral, saronita, se espalharam por toda a crosta da terra e drenaram a vida da flora e da fauna nativas.

Ao descobrir a saronita um pequeno grupo de druidas do Círculo Cenariano decidiu erradicá-la. Eles argumentavam que se as energias vitais da Árvore do Mundo puderam curar as terras ao redor do Monte Hyjal, outra árvore grandiosa poderia fazer o mesmo em Nortúndria. O líder do grupo, Fandral Guenelmo, logo se tornou obcecado com a ideia.

Alguns druidas o aconselharam a buscar a orientação dos Aspectos Dragônicos, pois fora graças ao conhecimento e às bênçãos deles que Nordrassil floresceu. Sem eles, plantar outra árvore grandiosa poderia ter consequências imprevistas. Mas Guenelmo acreditava que não havia tempo a perder. A saronita estava se espalhando descontroladamente não apenas por Nortúndria, mas também em outras regiões do mundo. Em vez de perder tempo com debates intermináveis, Guenelmo decidiu agir – sem consultar os Aspectos ou o resto do Círculo Cenariano.

DRAGÕES AZUIS SE LANÇAM SOBRE OS ALTANEIROS NA FLORESTA DE LUNACANTO

Em segredo, Fandral e seus seguidores mais próximos cortaram ramos encantados dos galhos de Nordrassil. Com eles nas mãos, viajaram pelo mundo até locais onde afloramentos de saronita tinham ganhado vida. Os druidas plantaram os ramos nessas regiões, esperando conter aquele mal. Entre as regiões onde Fandral e seus aliados deixaram sua marca estavam o Vale Gris, a Floresta do Canto Cristalino, Feralas e duas regiões distantes nos Reinos do Leste que depois seriam conhecidas como Floresta do Crepúsculo e Terras Agrestes.

Os ramos logo vingaram e se tornaram novas árvores. Juntas, elas operaram como canais, conduzindo os poderes do Sonho Esmeralda para o mundo desperto, fortalecendo a vida selvagem e eliminando os depósitos de saronita. Animados com seu sucesso, os druidas plantaram o último e maior dos ramos nas montanhas de Nortúndria, acima do maior afloramento de saronita. Essa nova Árvore do Mundo – chamada *Andrassil*, ou "Coroa da Neve" – cresceu com velocidade espantosa, e os benefícios foram quase imediatos. A saronita deixou de se espalhar e a vida selvagem floresceu novamente.

Malfurion e o resto do Círculo Cenariano ficaram furiosos ao saber que os ramos haviam sido plantados sem sua aprovação. Contudo, concordaram em que o plano parecia ter funcionado. Por várias décadas, Andrassil se elevou sobre Nortúndria e tudo parecia correr bem.

Com o tempo, porém, as circunstâncias mudaram. Batalhas sangrentas entre os taunka e as ninfas da floresta, duas raças pacíficas, irromperam em Nortúndria. A luta foi repentina e de uma brutalidade surpreendente, tomada pela barbárie e por atrocidades indescritíveis. Quando a notícia finalmente chegou aos druidas, o Círculo Cenariano enviou uma expedição para investigar a origem daquilo.

O que os druidas descobriram fez seu sangue gelar. As raízes de Andrassil tinham penetrado tão fundo na terra que tocaram a prisão subterrânea de Yogg-Saron. O Deus Antigo dotou a árvore de suas energias torpes. Assim, todas as criaturas região foram lentamente levadas à loucura.

O Círculo Cenariano sabia que, sem as bênçãos dos Aspectos, Andrassil estava vulnerável à corrupção. Eles também tinham consciência de que não havia como poupar a Árvore do Mundo ou aplacar seu sofrimento. O Círculo Cenariano decidiu que, lamentavelmente, o único caminho era destruir Andrassil. Com grande pesar, eles derrubaram a árvore grandiosa. Ela tombou sobre a superfície gelada de Nortúndria com um baque ensurdecedor que ecoou por todas as florestas etéreas do Sonho Esmeralda. A partir de então, os druidas iriam se referir à Árvore do Mundo caída como *Vordrassil*, ou "Coroa Partida".

Embora matar Andrassil tivesse sido uma tarefa angustiante, o Círculo Cenariano ficou contente por ter conseguido deter o crescimento do saronita. Contudo, sem que os druidas soubessem, algo sinistro havia se instalado no Sonho Esmeralda.

Yogg-Saron tinha usado as árvores plantadas por Fandral como um portal, através do qual outros Deuses Antigos também podiam ter acesso ao domínio etéreo. Pequenas sementes de corrupção foram espalhadas por todo o reino de Ysera e, com o tempo, elas contaminariam os caminhos oníricos. Este foi o começo do que ficaria conhecido como Pesadelo Esmeralda.

O ÊXODO DOS GNOMOS

TRÊS MIL ANOS ANTES DO PORTAL NEGRO

Enquanto guerras eram travadas e novas civilizações surgiam sobre a superfície de Azeroth, os terranos concentraram-se basicamente em cuidar da própria vida. Eles não se interessavam pelas atividades das outras raças do mundo. Alguns terranos permaneciam isolados sob as montanhas geladas de Nortúndria. Outros, que foram para o sul com o guardião Arkhaedas e a gigante Ferronaya em uma era anterior, hibernavam dentro das câmaras subterrâneas de Uldaman. Apenas um pequeno número desses terranos escolhera não ser colocado em estase, decidindo que iriam vigiar e guardar a instalação com seus companheiros gnomecânicos.

Durante esse período, Arkhaedas e Ferronaya se distanciaram de seus servos. Eles se tornaram ainda mais obcecados por encontrar a cura da maldição da carne. Arkhaedas e Ferronaya costumavam se recolher às câmaras mais baixas de Uldaman e passar anos em silenciosa contemplação. Os dois colossais forjados pelos titãs finalmente desapareceriam de vista, entrando em um longo período de hibernação. Séculos se passaram sem que se ouvisse uma palavra de qualquer um dos dois, e os gnomecânicos e terranos foram deixados cuidando de Uldaman sozinhos.

Quando a Cisão rasgou Azeroth, muitos dos terranos ativos ficaram abalados com a catástrofe. Eles sentiram a dor do mundo partido na própria pele. Cavaram túneis em Uldaman e se trancaram dentro das câmaras de hibernação juntamente com seus irmãos adormecidos.

Apenas os gnomecânicos permaneceram para cuidar da instalação, mas também eles acabaram sucumbindo à maldição da carne. A doença fez com que muitos degenerassem em seres de carne mais tarde conhecidos apenas como gnomos. Física e mentalmente debilitadas, essas criaturas perderam toda noção de propósito e abandonaram os salões de Uldaman. Fugiram para os picos montanhosos e cavernas próximos. Apenas alguns gnomecânicos permaneceram na instalação, ainda movidos pelo seu imperativo forjado pelos titãs.

A primeira geração de gnomos viveu nas montanhas nevadas a oeste de Uldaman. Carecendo de força e defesas naturais, esses frágeis seres tiveram de lutar para sobreviver em meio a cruéis intempéries, bárbaros trolls do gelo e outras ameaças que percorriam a terra. Eles, contudo, mantiveram seu intelecto e sua engenhosidade naturais. Com o passar de gerações, os gnomos se dedicaram a novas descobertas e a desenvolver suas técnicas, o que seriam seus únicos meios de se sustentar no novo mundo selvagem. Com esse objetivo, abriram mão de manter registros e transmitir histórias orais, considerando-os irrelevantes para a sobrevivência.

Em poucas gerações os gnomos tinham perdido todo o conhecimento de seu passado forjado pelos titãs. O que eles ganharam, porém, foi uma nova sociedade. O conhecimento científico e suas brilhantes técnicas de engenharia os ajudaram a superar dificuldades. Os gnomos escavaram uma série de moradias altamente fortificadas no fundo das montanhas frias do que iria ser conhecido como Dun Morogh.

A ASCENSÃO DOS ARATHOR

DOIS MIL E OITOCENTOS ANOS ANTES DO PORTAL NEGRO

Após milhares de anos, a humanidade properou nos Reinos do Leste. Essa jovem raça teve origem em um grupo de vraikal que se assentara nas Clareiras de Tirisfal. Embora os humanos fossem diminutos em tamanho e força comparados a seus ancestrais, possuíam uma inacreditável determinação e instintos de sobrevivência.

Grupos de humanos caçadores-coletores proliferavam pelas florestas e montes do continente. À medida que sua sociedade evoluía e avançava, os humanos se reuniam em uma gama de diferentes tribos. Cada uma delas professava crenças animistas – principalmente formas rudimentares de druidismo e xamanismo elemental. A despeito da existência de trolls amani, elfos noturnos e outras ameaças, o grande adversário da humanidade provou ser ela mesma. As primeiras tribos estavam sempre em guerra pelo domínio de territórios e, por extensão, de poder.

Uma tribo, a dos arathi, se deu conta de como isso era errado. Em apenas algumas décadas, incursões trolls aos territórios humanos haviam se tornado mais intensas e impiedosas. Algo estava mudando entre os brutais amani do norte. Os arathi sabiam que, se a humanidade permanecesse dividida, teria pouca chance em uma verdadeira guerra contra seus inimigos de pele de musgo. Liderados pelo senhor da guerra Thoradin, a tribo partiu em uma campanha para colocar seus rivais sob um mesmo estandarte, fosse pela força ou pela diplomacia.

Os arathi viviam nos limites nordeste das terras humanas e tinham um longo histórico de conflitos com os trolls. Essa experiência transformara Thoradin em um tático e estrategista magistral. No período de apenas seis anos, o senhor da guerra fez as outras tribos se curvarem diante dele. Levou alguns de seus adversários para seu lado arranjando casamentos políticos. Em outros casos, Thoradin lançou seus rivais uns contra os outros. Em raros casos, o astuto senhor da guerra foi obrigado a conquistar com as próprias mãos algumas das tribos mais beligerantes.

Para grande surpresa daqueles que havia derrotado, Thoradin não reinou como um tirano. Ele ofereceu a seus antigos inimigos paz e igualdade no que alegou que seria uma gloriosa nova nação humana – um reino unificado de potencial ilimitado. Os líderes tribais não mergulhariam na obscuridade. Eles serviriam como honrados generais. Com esses atos, Thoradin conquistou a lealdade de seus adversários e foi coroado rei.

O rei Thoradin chamou seu novo reino de Arathor. Encarregou seus construtores mais talentosos de erguerem uma grandiosa capital chamada Strom a sudeste das Clareiras de Tirisfal. O terreno semiárido ao redor da cidade servia como uma zona de contenção ideal entre a humanidade e os amani, impedindo os trolls de montar suas temidas emboscadas na floresta. Thoradin também ordenou que seu povo construísse uma grande muralha perto da capital para reforçar a proteção contra as incursões amani. Rumores sobre a magnificência de Strom logo se espalharam por outras tribos humanas isoladas por todo o continente. Muitos seguiram para a fortaleza em busca de segurança.

Exatamente como Thoradin esperava, trolls amani logo começaram a ocupar terras afastadas controladas pelos humanos. O rei enviou dois de seus mais destacados generais para reunir informações sobre os inimigos e dispersar os selvagens que ultrapassassem as fronteiras de Arathor além do aceitável.

Um desses generais se chamava Ígnaeus. Ele e seu povo vieram das encostas irregulares ao redor das Montanhas de Alterac. Embora considerados incultos e selvagens por muitos dos humanos de outras

A Lenda da Mão de Prata

Ninguém sabe o que foi feito da fabulosa mão de prata de Tyr, deixada para trás em eras passadas no coração das Clareiras de Tirisfal. A mão de prata era um símbolo comum das tribos humanas que habitavam a região. Ela aparecia em roupas e pingentes, usada para afastar espíritos do mal, proteger guerreiros em batalha e curar doenças. Muitos séculos depois, passaria a representar uma grande ordem de paladinos: guerreiros que brandiam a luz e colocavam o sacrifício pessoal acima de tudo.

regiões, Ígnaeus e seus homens do norte eram incomparáveis em bravura e força. Eles ficaram à espreita, bem além das fronteiras de Arathor, matando qualquer troll que encontrassem vagando pelas florestas. Ígnaeus conquistaria o epíteto de "Matatroll" em função do volume de sangue amani que derramou.

O outro general preferido de Thoradin era Lordain, que vinha do coração das Clareiras de Tirisfal. Ele e seus guerreiros arregimentados eram considerados mais refinados que Ígnaeus e os outros povos da montanha. Nobres em aparência e disposição mental, as forças de Lordain patrulhavam os limites norte das fronteiras de Arathor. Nas raras oportunidades em que grupos de ataque amani se aproximavam do reino, Lordain os aniquilava com sua espada.

Tanto Lordain quanto Ígnaeus com frequência voltavam a Strom contando sobre a iminência de um conflito terrível entre os amani e os elfos superiores do norte. Também havia rumores sobre algo mais acontecendo nas florestas negras – histórias de estranhos rituais vodu e seres sobrenaturais percorrendo as matas no meio da noite.

Embora os relatos os deixassem inquietos, Thoradin e seus generais concordavam que não iriam arriscar seu próprio povo nem mandar qualquer ajuda para os elfos superiores reclusos. No momento, eles mantiveram o grosso de suas forças por trás dos enormes taludes de Strom, confiantes em que podiam resistir a qualquer inimigo.

MAPA DOS TERRITÓRIOS DOS TROLLS AMANI, HUMANOS E ELFOS SUPERIORES NOS REINOS DO LESTE

As Guerras dos Trolls, Parte I: O Cerco de Quel'Thalas

Dois mil e oitocentos anos antes do Portal Negro

Milênios após serem derrotados pelos elfos superiores, os trolls amani planejaram a vingança em sua cidade sagrada de Zul'Aman. Embora fossem guerreiros ferozes, os trolls não tinham um líder forte que os levasse à vitória. A luta interna também se espalhara por toda a tribo. A sorte dos amani logo mudou quando receberam ajuda da reverenciada tribo zandalar.

Os zandalari se viam como os protetores e líderes espirituais de todos os trolls. Estavam ansiosos para fortalecer sociedades trolls por todo Azeroth, muitas das quais tinham enfraquecido desde a época da Grande Cisão – mesmo os zandalari tinham sofrido com aquele acontecimento catastrófico. Seu antes glorioso lar nas montanhas de Zandalar tinha sido engolido pelo mar, deixando para trás não mais que uma pequena ilha.

Eles viam nos amani uma oportunidade de revitalizar uma das tribos mais poderosas de sua raça e reafirmar o domínio troll nos Reinos do Leste. Esmagar os elfos superiores não seria tarefa fácil, mas os zandalari estavam confiantes na vitória. Quel'Thalas não era tão poderosa quanto o antigo império dos elfos noturnos que dizimara os trolls tanto tempo antes. Além disso, os zandalari tinham praticado e aperfeiçoado suas próprias artes vodu nos milênios anteriores.

Um grupo de sábios emissários zandalari fez a viagem desde a ilha até Zul'Aman. Lá, eles prometeram ajudar os amani a planejar seu iminente ataque e, mais importante, os zandalari iriam garantir que os poderosos semideuses loa ajudassem os trolls em batalha. Para resolver a questão da liderança, os zandalari também fizeram de Jintha, um dos mais temidos guerreiros amani, o governante de seu povo.

Pequenas milícias amani começaram a sair das florestas e atacar as fronteiras de Quel'Thalas, testando a força dos elfos superiores. Os ardilosos trolls sempre escondiam seu verdadeiro número e sua capacidade. Após uma série bem-sucedida de conflitos, os amani decidiram que finalmente chegara a hora da guerra aberta.

Subitamente, dezenas de milhares de combatentes trolls saltaram das florestas escuras. Monstruosos semideuses loa marcharam ao lado dos amani, dando um poder sobrenatural a seus aliados trolls. Os elfos superiores lutaram desesperadamente para deter seus inimigos, mas foram obrigados a ceder terreno. Com velocidade e ferocidade impressionantes, os amani arrasaram os limites externos de Quel'Thalas.

Desde Zul'Aman, os emissários zandalari observaram com prazer a guerra se desenrolar. Mesmo os elfos e seus grandes poderes arcanos não conseguiam suportar o poderio dos amani – *o poderio da raça troll.*

A vitória final dos trolls era apenas questão de tempo.

As guerras dos Trolls, parte II: O fogo dos Céus

O rei Thoradin manteve vigilância atenta sobre a guerra crescente entre os elfos superiores e os trolls. Batedores retornavam a Strom relatando terem visto fumaça se elevando ao longo das fronteiras de Quel'Thalas, corpos de elfos desfigurados cobrindo as tranquilas grutas das terras do norte. Era evidente que os trolls estavam vencendo, mas Thoradin se aferrou à sua crença, teimando que interferir no conflito era expor seu povo a um risco desnecessário.

Contudo, Thoradin mudou de opinião quando um grupo de embaixadores elfos superiores, enviado pelo rei Anasterian Andassol, chegou repentinamente a Strom. Thoradin escutou, cada vez mais horrorizado, enquanto os mensageiros davam relatos em primeira mão da atroz brutalidade dos amani e dos semideuses vindos de outro mundo que combatiam com eles.

A ameaça amani era muito maior do que Thoradin e seus conselheiros haviam imaginado. Os elfos superiores argumentaram que, sem a ajuda de Arathor, os trolls logo destruiriam Quel'Thalas, e, depois disso, lançariam todo o poderio de seus grupos de guerra sanguinários contra Strom.

Depois do encontro, Thoradin se reuniu com seus conselheiros. Eles concordaram que era prudente se aliar aos elfos, mas também sabiam que Arathor não tinha a força necessária para travar um conflito aberto com os trolls. Thoradin e seus conselheiros debateram até tarde da noite antes de chegar a uma conclusão. Se os humanos aprendessem magia isso poderia lhes dar a vantagem de que necessitavam para causar impacto na guerra.

A magia dos elfos era lendária entre humanos, mas eles nunca tinham aprendido seus segredos. Embora Thoradin visse todas as formas de feitiçaria com enorme desconfiança, sabia que seu exército precisaria disso se quisesse derrotar os amani. No dia seguinte, Thoradin retornou aos embaixadores com uma oferta: em troca de ajuda militar, os elfos superiores ensinariam magia aos humanos.

Os elfos superiores enviaram mensageiros para consultar o rei Anasterian. Como todos do seu tipo, ele conhecia bem os perigos da magia descontrolada. Ensinar as artes arcanas aos humanos podia facilmente terminar em desastre. Porém, por mais que essa possibilidade perturbasse Anasterian, seu próprio povo enfrentava o risco de extinção. Consciente de que não havia muitas opções, ele permitiu que os elfos superiores ensinassem a cem humanos as magias mais simples.

Em pouco tempo, onze magos viajaram a Strom e começaram apressadamente a orientar os humanos. Ao longo de muitos meses, os professores notaram algo impressionante em seus alunos. Embora os humanos não tivessem elegância e sutileza em seus feitiços, tinham uma notável afinidade natural com a magia.

Enquanto isso, Thoradin ordenou que seus generais estabelecessem uma fortaleza na base das Montanhas de Alterac. Ela serviria como ponto de partida para sua futura ofensiva contra os trolls. Os generais de Thoradin também ergueram outros fortes grosseiros no Bosque Oriental, um grande trecho de terras férteis no sopé das montanhas a leste das Clareiras de Tirisfal. Contudo, a Fortaleza de Alterac continuaria a ser a mais importante construção dos humanos no norte.

Assim que os elfos acabaram de formar os magos humanos, Arathor iniciou sua ofensiva. Mais de 20 mil soldados humanos se reuniram na Fortaleza de Alterac e de lá partiram para Quel'Thalas, liderados pelo próprio Thoradin. Ele, contudo, não levou consigo os magos humanos. Eles permaneceriam atrás das muralhas de Alterac. Se tudo acontecesse como Thoradin esperava, os magos entrariam em cena mais tarde...

Os generais Ígnaeus e Lordain atuaram como a vanguarda dos exércitos de Arathor. Cavalgando dias à frente da legião de arathi, eles abriram o caminho para o norte e massacraram quaisquer batedores trolls e grupos de ataque que conseguiram encontrar. Após semanas de marcha pesada, todo o poderio dos exércitos de Arathor finalmente chegou à periferia de Quel'Thalas e investiu sobre o lado sul dos amani. Em coordenação com os arathi, os elfos superiores lançaram um contra-ataque a partir do norte e arrasaram as linhas de frente dos trolls.

Os amani se viram então travando uma guerra em duas frentes. Mas Jintha continuava confiante de que os trolls sairiam vitoriosos. A decisão dos elfos de se aliar aos primitivos humanos parecia um ato de desespero. Os arathi tinham uma reputação de guerreiros ferozes, mas não contavam com os poderes mágicos e a disciplina militar dos elfos. Os humanos grosseiros eram um aborrecimento menor – um que Jintha eliminaria rapidamente. Pretendendo destruir os exércitos de Arathor, ele voltou seus comandos de guerra para o sul. Assim que massacrasse os humanos, voltaria a concentrar suas forças em Quel'Thalas e exterminaria os elfos definitivamente.

Por ordem de Thoradin, os humanos começaram uma lenta retirada na direção de Alterac. Semanas de lutas brutais e sangrentas se seguiram enquanto os amani, cheios de confiança, perseguiam os exércitos de Arathor até as montanhas. À medida que os humanos se deslocavam para o sul, os elfos superiores também saíram de Quel'Thalas e marcharam rumo a Alterac. Eles realizavam constantes ataques ao lado norte dos amani, enfraquecendo aos poucos a retaguarda dos trolls.

Quando finalmente alcançou a Fortaleza de Alterac, Thoradin ficou contente ao descobrir que os amani ainda o perseguiam. Ele preparou suas forças para o ataque que sabia estar próximo. Certa manhã em que uma densa neblina envolvia o sopé de Alterac, os amani se lançaram sobre o exército humano. Embora superados em número, os arathi lutaram com inesperada tenacidade. A batalha se prolongou por dias, sem que qualquer dos lados cedesse terreno. Em pouco tempo, os elfos superiores chegaram do norte e atacaram os amani em uma segunda frente.

Quando humanos e elfos estavam certos de que haviam reduzido o número de amani, lançaram sua arma secreta: os cem magos humanos. Nos dias anteriores, Thoradin os mantivera escondidos na Fortaleza de Alterac. Era chegada a hora de testar a capacidade deles em batalha.

Juntamente com feiticeiros elfos, os magos humanos invocaram seus vastos poderes recém-conquistados. Em vez de atacar individualmente, os magos fizeram algo sem precedentes: uniram seu poder e tramaram um único feitiço terrível. As Montanhas de Alterac oscilaram e tremeram enquanto avalanches de fogo caíam do céu vermelho-sangue. As energias envolveram as fileiras amani em uma conflagração devastadora. As chamas enfeitiçadas queimaram loa e trolls de dentro para fora.

Entre os primeiros amani a serem consumidos pelas chamas encantadas estava Jintha. Sem seu líder, os trolls sobreviventes debandaram e se retiraram para o norte. Os elfos e humanos os caçaram como animais, abatendo todo combatente amani que conseguiram encontrar.

A batalha desastrosa arrasou os emissários zandalari. Antes tão confiantes na vitória, eles se esgueiraram de volta a seu lar insular tomados pela descrença e vergonha. Para eles a derrota foi um soturno divisor de águas na história dos trolls, do qual sua raça assolada poderia nunca se recuperar.

Mas para Quel'Thalas e Arathor, a guerra era o começo de uma nova era gloriosa. Durante meses depois do fim do conflito celebrações tomaram as ruas de Strom e de Luaprata. Os elfos agradecidos juraram eterna lealdade a Arathor e aos descendentes de Thoradin.

MAGOS HUMANOS LANÇAM SEUS PODERES SOBRE OS TROLLS AMANI

O Sacrifício de Lordain

Durante a retirada para Alterac, os amani começaram a se aproximar dos humanos rápido demais, ameaçando cercar e derrotar os exércitos de Arathor. Para evitar o desastre, o general Lordain se ofereceu como voluntário para despistar os trolls, sabendo plenamente que não iria sobreviver. Ele e quinhentos de seus guerreiros mais corajosos detiveram a legião amani em um vale estreito enquanto o resto do exército arathi continuava a recuar para o sul. Lordain e seus guerreiros pagaram o preço maior, mas sua resistência corajosa ajudou a garantir a vitória para humanos e elfos. O legado de pura abnegação e sacrifício de Lordain permaneceria vivo entre seu povo pelos milênios seguintes.

A Expansão de Arathor

Dois mil e setecentos anos antes do Portal Negro

Depois que o reinado do rei Thoradin terminou, novas gerações de humanos expandiram a nação de Arathor em tamanho e poder. Muitos dos primeiros magos humanos instruíram pupilos sobre a magia arcana. Em algumas décadas, o número de feiticeiros em Arathor aumentara dramaticamente.

Protegidos de ameaças naturais por esses magos poderosos, humanos empreendedores fundaram novos assentamentos arathi nas terras fronteiriças. Alguns reivindicaram as pastagens verdejantes do Bosque Oriental, territórios antes governados pelos trolls. Outros migraram para a Fortaleza de Alterac, assim como para os fortes menores que tinham sido construídos durante as Guerras dos Trolls. Essas construções logo se transformaram em prósperos postos comerciais avançados.

As terras férteis mais cobiçadas ficavam nas Clareiras de Tirisfal. Nessa região os arathi estabeleceram uma fortaleza para proteger suas fazendas de gnolls, kobolds e outros animais selvagens perigosos. Muitos antigos soldados se instalaram nesse local,, que foi rebatizado de Lordaeron em homenagem a seu falecido general, Lordain.

Outros arathi seguiram para a região litorânea de Gilneas, onde construíram uma série de portos fortificados. Os assentados pescavam nas águas e mantinham um comércio bastante dinâmico com outras regiões de Arathor. Os mais corajosos entre os marinheiros se aventuravam nas águas abertas ao redor de Guilnéas. Com o tempo, descobriram uma grande ilha ao sul que era rica em jazidas minerais e outros recursos naturais valiosos. Alguns dos marinheiros permaneceram na ilha e fundaram um poderoso posto avançado marítimo chamado Kul Tiraz.

Ao longo das décadas, essas novas cidades continuaram a crescer e a desenvolver seus próprios costumes. Os governantes na capital de Arathor, Strom, sempre temeram que esses assentamentos se tornassem independentes demais. A despeito das tentativas desses governantes de manter o controle sobre o reino, muitas cidades acabaram conquistando maior autonomia. O primeiro e mais notável exemplo disso foi o posto comercial avançado de Dalaran.

Fundado no coração de Arathor, Dalaran rapidamente se tornou um centro comercial de grande importância e influência. Cidadãos de todo Arathor iam à cidade em busca de riqueza e novas oportunidades. Um desses imigrantes foi um brilhante e excêntrico mago chamado Ardogan. Ele conquistou a admiração da população de Dalaran e foi eleito governante.

Sob o governo de Ardogan, Dalaran continuaria a crescer em poder, acabando por se transformar em uma cidade-Estado autônoma. Também se tornaria um abrigo para os magos de Arathor – uma população que os cidadãos do reino cada vez mais viam com desconfiança e cautela.

O CONSELHO DE TIRISFAL

DOIS MIL, SEISCENTOS E OITENTA ANOS ANTES DO PORTAL NEGRO

O crescimento e a prosperidade de Arathor se deviam em grande parte aos magos e à proteção que eles ofereciam aos assentados. Mesmo assim, a população começava a vê-los com uma desconfiança cada vez maior. Com o tempo, divergências e superstições aumentaram, produzindo tensões entre os praticantes de magia e o resto da sociedade. A maioria dos magos se retirou de metrópoles e cidades, ressentidos por serem alvos do que consideravam uma paranoia injustificada.

O governante de Dalaran, Ardogan, convidou muitos desses magos insatisfeitos à sua cidade. Lá, proclamou, eles poderiam viver livre de preconceitos. Vários deles atenderam ao chamado de Ardogan e se instalaram em Dalaran. Quando o primeiro grupo desses feiticeiros chegou, eles decidiram transformar a cidade em um glorioso centro de conhecimento. Usando seus grandes poderes, os magos expandiram as fronteiras de Dalaran. Ergueram torres reluzentes por toda a cidade e construíram vastas bibliotecas e depósitos de maravilhas arcanas.

Ardogan e os mais poderosos entre esses magos recém-chegados estabeleceram uma magocracia para governar a próspera cidade. Esse corpo de governo estimulou o estudo e a prática de artes arcanas. À medida que as notícias sobre Dalaran se espalhavam, magos de toda Arathor começaram a vê-la como um símbolo de esperança e liberdade.

Em poucos anos, a população de Dalaran cresceu vertiginosamente. Embora apenas uma pequena parcela dos habitantes soubesse lidar com o arcano, a proteção que ela oferecia permitia que o comércio e a indústria prosperassem sem obstáculos. Praticamente não havia crime na cidade, e grande parte das ameaças da natureza foi esquecida.

Mas essa feitiçaria descontrolada teve consequências desastrosas.

A utilização irresponsável de magia começou a rasgar o tecido da realidade na região. Os magos de Dalaran ignoravam que ondas de energia arcana se projetavam da cidade para a Espiral Etérea. Essas marés de poder chamaram a atenção de alguns demônios isolados pertencentes à Legião Ardente. Um pequeno número desses demônios se transportou para o mundo físico, se infiltrando na própria Dalaran. Embora essas criaturas fossem fracas e normalmente solitárias, conseguiram semear o caos e aterrorizar a pacífica cidade.

A magocracia lutou para lidar com essas invasões demoníacas ao mesmo tempo que as mantinha escondidas do público. Os governantes da cidade temiam cada vez mais que a população supersticiosa, se descobrisse a verdade, entraria em pânico e se revoltaria. Os magos finalmente foram buscar ajuda além das muralhas da cidade. Eles enviaram um pedido urgente aos elfos superiores de Quel'Thalas. Os humanos esperavam que os elfos, em sua infinita sabedoria, compreendessem como lidar com esse repentino influxo de demônios.

Os governantes de Quel'Thalas, o Conselho de Luaprata, imediatamente enviou os maiores magos entre os elfos superiores para investigar. Eles descobriram que apenas alguns demônios haviam passado para o mundo físico, e que isso era apenas o começo. O problema se tornaria pior, a não ser que a magocracia estabelecesse limites ao uso de magia.

Muitos dos líderes de Dalaran rejeitaram a recomendação dos elfos superiores. Os magos tinham ido à cidade porque poderiam praticar livremente suas artes arcanas. Restringi-las desencadearia uma série de consequências negativas. Na melhor das hipóteses, os magos mais brilhantes partiriam e continuariam seus estudos de arcanismo em outro lugar. Na pior, toda a economia de Dalaran iria desmoronar, então uma revolta deflagraria e os magos seriam enviados para as áreas mais remotas da terra. De um modo ou outro, a prática da magia arcana iria continuar, fosse dentro das muralhas de Dalaran ou fora delas. Não importava o que acontecesse, a ameaça representada pela Legião Ardente sempre existiria.

Tendo concordado que não podiam proibir o uso de magia, o Conselho de Luaprata e a magocracia de Dalaran se decidiram por outra solução. Juntos eles formaram uma ordem clandestina para lidar com os invasores demoníacos. Esse novo grupo se encontrava em um bosque secreto nas Clareiras de Tirisfal para discutir seu trabalho, e ficou conhecido como Conselho de Tirisfal. Os brilhantes membros da ordem teriam a responsabilidade de rastrear e banir os agentes da Legião de onde quer que estivessem sobre a terra. E os magos instruiriam outros de sua classe, discretamente, sobre os perigos da prática irresponsável da feitiçaria.

O Primeiro Guardião

Dois mil, seiscentos e dez anos antes do Portal Negro

Durante décadas, os primeiros integrantes do Conselho de Tirisfal rastrearam e baniram todos os demônios que conseguiram encontrar, tomando cuidado para não chamar atenção. Diante de inimigos extraordinariamente poderosos, os membros do conselho canalizavam suas habilidades para um único indivíduo, que serviria como receptáculo solitário para seu poder por um breve tempo.

Dar poder a um único defensor era um ritual perigoso e só era feito em circunstâncias raras e graves. Os integrantes do conselho precisavam estar próximos para realizar o ritual, o que os deixava vulneráveis. O enorme influxo de energia também tinha o potencial de destruir os defensores escolhidos. Mas, caso sobrevivessem, eles podiam superar mesmo os mais poderosos agentes da Legião Ardente. A despeito dos riscos, o Conselho de Tirisfal utilizou essa técnica de fortalecimento, obtendo grandes resultados durante muitos anos.

Mas tudo mudou quando um senhor do medo chamado Kathra'natir infiltrou Dalaran. Esse demônio astuto circulou pelas belas torres da cidade, e disseminou seu veneno pelos corações e mentes da população. Pragas terríveis assolaram Dalaran. À medida que a doença se espalhava, uma onda de paranoia tomava conta da cidade.

Ao investigar esses fenômenos, o Conselho de Tirisfal descobriu Kathra'natir e o confrontou. Os poderosos magos se viram superados pelo demônio. Não tendo outra possibilidade, decidiram fortalecer um elfo superior chamado Aertin Mão Brilhante como seu defensor. Aertin se lançou sobre Kathra'natir, usando o poder combinado do conselho como se fosse o seu.

Foi então que Kathra'natir usou a maior força do conselho a seu favor. Em vez de enfrentar o defensor diretamente, o demônio atacou os integrantes da ordem. Com suas energias sob o controle de Mão Brilhante, eles não podiam se defender. O ataque sinistro de Kathra'natir interrompeu a ligação entre os membros do conselho e Aertin. Isso enfraqueceu os poderes do defensor, até que finalmente Aertin caiu perante o demônio. Apenas a intervenção desesperada de um jovem meio-elfo chamado Alodi poupou o conselho da aniquilação total.

Um conselho alerta se reuniu para outra batalha, mas dessa vez como magos isolados, sem um defensor no qual concentrar sua força. Kathra'natir aproveitou-se da desorganização do conselho, e derrotou facilmente seus adversários.

A derrota abalou a confiança e a esperança do Conselho de Tirisfal. Os magos sabiam que não podiam superar Kathra'natir como indivíduos, nem podiam confiar em seu ritual de fortalecimento.

Nesse momento de desilusão, Alodi e seus aliados descobriram uma nova forma de usar o poder. Os membros do conselho não precisariam mais comparecer à batalha. Realizando um ritual complexo, eles iriam conceder uma parcela de seu poder *permanentemente*. Alodi foi o primeiro a se submeter a essa técnica experimental. Quando o ritual se provou um sucesso, ele se declarou não o defensor do conselho, mas seu Guardião.

O recém-fortalecido Alodi enfrentou e derrubou Kathra'natir, banindo o senhor do medo de volta às profundezas ruidosas da Espiral Etérea. Saudado como um herói, Alodi serviria como o primeiro Guardião de Tirisfal. Ele usou seus grandes poderes para prolongar sua vida, e, por cem anos, perseguiu os comparsas da Legião. Quando findou seu século de serviços, Alodi abriu mão de seu poder, escolhendo viver o restante de seus dias em paz e tranquilidade.

Assim começou a tradição do Guardião. A cada século surgiria um novo mago que dedicaria a vida a proteger Azeroth. Os magos escolhidos para usar a energia do conselho demonstrariam sua humildade e seu compromisso com a paz abrindo mão desse enorme poder após cem anos.

Por mais de um milênio, uma era de prosperidade sem precedentes reinou em todo o Azeroth. Embora conflitos e sofrimento não tivessem sido inteiramente erradicados, os Guardiões garantiram que nenhum invasor demoníaco fizesse mal ao mundo. Enquanto esses indivíduos nobres travaram sua solitária guerra secreta à Legião, Dalaran continuou a ser um dos principais centros de conhecimento e pesquisa de arcanismo do mundo.

ALTAFORJA E O DESPERTAR DOS ANÕES

DOIS MIL E QUINHENTOS ANOS ANTES DO PORTAL NEGRO

Bem ao sul de Dalaran, a antiga câmara de Uldaman permanecia escura e silenciosa. Eras antes, Ferronaya e o guardião Arkhaedas tinham entrado em hibernação. Muitos dos gnomecânicos que um dia tinham vigiado o maquinário de Uldaman também haviam partido após serem acometidos pela maldição da carne. Mas alguns desses fiéis servos mecânicos tinham permanecido. Suas antigas formas resistentes foram sucumbindo à degradação do tempo. Eles se prostraram e morreram, até que restou apenas uma.

Embora essa gnomecânica solitária tivesse feito de tudo para manter Uldaman em bom estado, grande parte da fortaleza ficou danificada. Logo a maldição da carne começou a consumir sua forma metálica. A doença finalmente a transformou em um gnomo, que envelheceu e chegou perto da morte. Consciente de que não tinha muito tempo, a gnomo trabalhou para libertar os terranos que hibernavam bem no fundo de Uldaman. Ela não podia suportar a ideia de que quando morresse eles seriam abandonados para sempre nos salões mortos da câmara.

Com seu último suspiro, a gnomo ativou as câmaras de hibernação dos terranos. As câmaras ganharam vida, e os forjados pelos titãs que hibernavam dentro delas acordaram para um novo mundo... E um novo destino.

Esses terranos despertados descobriram que haviam mudado de forma dramática. A maldição da carne transformara-os em criaturas de carne e osso – criaturas que chamariam a si mesmas de anões.

Ainda grogues por seus anos de sono, os anões saíram cambaleando dos salões devastados de Uldaman e emergiram na superfície do mundo. Eles se viram atraídos para o oeste, onde uma cadeia de montanhas majestosa se erguia até as nuvens. Como os gnomos que tinham deixado Uldaman séculos antes, os anões foram obrigados a lutar com as feras selvagens que percorriam a terra. Contudo, enquanto os gnomos tinham usado sua engenhosidade para superar essas ameaças, os anões confiaram em sua resistência e força física natural. Eles finalmente chegaram às montanhas que haviam visto no horizonte ocidental e se assentaram na região nevada de Dun Morogh.

Embora a maldição da carne tivesse reduzido suas lembranças, os anões ainda mantinham uma tênue ligação com seu passado forjado pelos titãs. Inspirados por essas lembranças, chamaram seu novo lar de *Khaz Modan*, ou "Montanha de Khaz", em homenagem ao titã projetista de mundos Khaz'goroth. Os anões também mantiveram sua afinidade natural para cantaria e mineração. Penetraram no coração da montanha mais alta de Khaz'Modan e construíam uma enorme forja. Ao redor dela, ergueram uma cidade altiva chamada Altaforja. Ali seria a sede de seu novo lar, uma nação grande e poderosa que se estenderia fundo sob as montanhas.

Enquanto os anões começavam a minerar as montanhas de Khaz'Modan e expandir suas terras, eles descobriram gnomos vivendo nas cavernas próximas. O povo de Altaforja ficou fascinado com a engenhosidade e a tecnologia de seus minúsculos vizinhos. Os anões também sentiram um parentesco natural com os gnomos, em grande medida porque compartilhavam a mesma ancestralidade forjada pelos titãs.

Os anões passaram aos gnomos seu conhecimento de cantaria e construção, ajudando-os a criar as fundações de uma cidade fabulosa que mais tarde seria chamada de Gnomeregan. Em troca, os gnomos ensinaram aos anões engenharia e ciência, introduzindo em Altaforja eficiência e avanços muito necessários. Embora esses dois povos permanecessem separados pelos séculos seguintes, tinham criado um laço forte e ajudariam uns aos outros em momentos de necessidade.

A Guerra Civil dos Gurubashi

Mil e Quinhentos Anos Antes do Portal Negro

No limite sul dos Reinos do Leste, os trolls da selva gurubashi viviam na pobreza, enfrentando dificuldades. Nunca tinham se recuperado totalmente da destruição produzida pela Cisão. Muitos territórios de caça e plantio foram perdidos para sempre, e a fome era uma companheira constante do império.

Desesperados para recuperar sua antiga glória, os gurubashi do Selva do Espinhaço acabaram apelando aos poderosos espíritos loa que os trolls adoravam. Uma dessas criaturas atendeu a seu chamado: Hakkar, o Esfolador de Almas, o Loa do Sangue. O espírito malévolo prometeu ajudar os gurubashi a ampliar seu império pela metade inferior dos Reinos do Leste. Em troca, exigiu um grande número de sacrifícios de habitantes.

Os gurubashi que juraram lealdade a Hakkar passaram a ser conhecidos como hakkari. Eles derrotaram facilmente grupos próximos de gnolls e tribos de murlocs, bem como outros trolls que se opunham a Hakkar. Aqueles que eram feitos prisioneiros logo desejavam ter morrido em batalha. O espírito desencarnado de Hakkar se fartou do sangue dos cativos por anos. Sob o controle hakkari, os gurubashi tinham conseguido tudo o que esperavam, conquistando grandes extensões de terra, incluindo muitas das ilhas do litoral dos Mares do Sul.

Os zandalari, acompanhando esses acontecimentos de longe, primeiro ficaram contentes com o retorno dos gurubashi à conquista e à veneração tradicional. Mas assim que ficou claro que a sede de sangue de Hakkar *nunca* seria saciada, eles souberam que o deus diabólico iria levar à destruição não apenas a raça troll, mas todo o mundo.

Os zandalari reuniram suas forças e zarparam para os Reinos do Leste. Lá, se reuniram com os trolls gurubashi que tinham mantido sua divergência escondida dos hakkari. Os zandalari e seus novos aliados souberam que uma facção dos sacerdotes mais radicais de Hakkar, os atal'ai, estavam tentando invocar o espírito do loa em uma forma viva. Isso, por sua vez, despertaria novas dimensões terríveis de seu poder e causaria a extinção da raça troll.

Horrorizada com os planos dos atal'ai, a legião zandalari atacou a capital gurubashi de Zul'Gurub. Batalhas foram travadas entre os zigurates cobertos de trepadeiras da cidade sagrada dia e noite. Finalmente, no alto do santuário sujo de sangue de Hakkar, os zandalari derrotaram Hakkar e a maioria de seus seguidores enlouquecidos.

A despeito dessa vitória, os zandalari e seus aliados concordaram em permanecer atentos a qualquer sinal do reaparecimento de Hakkar. O loa não estava realmente morto – seu espírito apenas fora banido do mundo físico.

Alguns de seus fanáticos sacerdotes atal'ai também havia fugido para as selvas que cercavam Zul'Gurub. Esses trolls finalmente se assentaram no Pântano das Mágoas, ao norte da capital gurubashi. No coração do pântano, eles construíram em segredo um grande templo a seu loa sedento de sangue: o Templo de Atal'Hakkar.

Nos recônditos do templo, os atal'ai continuaram a venerar Hakkar. Eles praticavam medonhos rituais e cerimônias, esperando novamente invocar o loa para o mundo físico. A magia negra deformou a flora e a fauna ao redor daquele lugar de adoração, o que chamou atenção de Ysera, o Aspecto Dragônico verde.

Ao tomar conhecimento dos planos dos atal'ai para invocar Hakkar, Ysera lançou seus poderes sobre o templo e seus habitantes. O ataque do Aspecto Dragônico fez tombar as paredes do templo e explodiu suas fundações. O imenso zigurate começou a afundar na terra e, à medida que a lama pantanosa o engolia, os atal'ai aterrorizados abandonaram seus rituais e fugiram.

Embora Ysera tivesse impedido o retorno de Hakkar, ela sabia que os atal'ai poderiam algum dia tentar invocar o loa novamente. Assim, ordenou que alguns de seus leais dragões verdes vigiassem o templo arruinado e garantissem que ele nunca mais fosse usado para trazer tal mal ao mundo.

Eldre'Thalas e a Prisão de Immol'thar

Mil e duzentos anos antes do Portal Negro

Do outro lado do mar, longe do império gurubashi, uma sociedade secreta de altaneiros que sobrevivera à Grande Cisão estava às voltas com um futuro incerto. Eles eram os *shen'dralar*, "Aqueles que Permanecem Escondidos". Quase 10 mil anos antes, a rainha Azshara os encarregara de guardar e proteger seus tesouros mais preciosos. Liderados pelo príncipe Tortheldrin, os shen'dralar obedeceram à sua rainha. Eles viajaram para o coração coberto de névoa das selvas ao sul de Kalimdor e estabeleceram lá uma grandiosa cidade chamada Eldre'Thalas.

Quando a Grande Cisão dizimou o mundo, Eldre'Thalas escapou por pouco da destruição. A cidade foi poupada apenas com o esforço de Tortheldrin e seus seguidores. Juntos, eles lançaram um grande feitiço para protegê-la das forças destrutivas da Cisão.

Embora tivessem salvado sua cidade, os shen'dralar logo descobririam que a Nascente da Eternidade havia sido consumida na Cisão. Sem a fonte de poder, a imortalidade de Tortheldrin e seus seguidores foi significativamente reduzida. Os shen'dralar logo mergulharam em uma profunda letargia e se confinaram em seu santuário isolado.

Tortheldrin acabou concebendo um plano para revitalizar os shen'dralar. Ele forjou torres em uma das alas danificadas de Eldre'Thalas, construindo uma prisão para abrigar uma nova fonte de poder: um demônio chamado Immol'thar. Para a surpresa dos outros shen'dralar, Tortheldrin havia secretamente invocado e prendido a criatura aterrorizante para sugar o poder do demônio e dá-lo aos seus seguidores. Quaisquer objeções foram rapidamente retiradas assim que os outros shen'dralar experimentaram, eles mesmos, a energia do demônio. Embora negro e volátil, o poder de Immol'thar era revigorante e viciante, mais ainda que a Nascente da Eternidade havia sido.

Os shen'dralar se encantaram com sua fonte de poder recém-descoberta, mas sabiam que manter Immol'thar entre eles era perigoso. Então, desenvolveram um modo de usar o poder do demônio para mantê-lo preso. Durante milhares de anos tudo parecia correr bem.

Mas o custo de manter Immol'thar contido exigia cada vez mais poder. Quase 9 mil anos depois da Cisão, a prisão do demônio havia ultrapassado um limite perigoso. Isso começou a consumir tanta energia

A CIDADE DOS ALTANEIROS EM ELDRE'THALAS (POSTERIORMENTE CONHECIDA COMO GLÁDIO CRUEL)

que os shen'dralar não tiveram mais o que sugar para si mesmos. Quase que do dia para a noite, o plano aparentemente engenhoso de Tortheldrin tinha desmoronado, e seu acesso à magia do demônio desaparecera.

Os shen'dralar recuperaram a imortalidade, mas haviam ficado viciados nas energias poderosas de Immol'thar de uma forma irremediável. Desesperado para recuperar seu poder, Tortheldrin tramou com seus aliados mais próximos e assassinou os outros shen'dralar a sangue-frio.

O plano traiçoeiro de Tortheldrin funcionou. Tendo reduzido a população, os elfos remanescentes podiam usar o poder de Immol'thar sem limitações.

Com o número de shen'dralar reduzido, Tortheldrin e seus seguidores abandonaram muito de sua cidade antes gloriosa. A maior parte de Eldre'Thalas mergulhou na escuridão e na decadência. Logo, outras criaturas das selvas ao redor foram até lá para reivindicar o refúgio decadente dos elfos.

A Fragmentação De Arathor
Mil E Duzentos Anos Antes Do Portal Negro

À medida que Tortheldrin e seus seguidores se retiravam mais para o interior, Eldre'Thalas, o reino de Arathor começou a se fragmentar. Os pequenos postos comerciais avançados e cidades que haviam sido criados depois das Guerras dos Trolls tinham se transformado em poderosas cidades-Estado. Finalmente, Strom viu sua influência sobre essas regiões desaparecer.

O bastião insular de Kul Tiraz manteve sua tradição de comércio e navegação. A cidade-Estado ostentava uma enorme marinha – a maior de todo Arathor. Seus capitães mais ousados exploravam as costas dos Reinos do Leste, retornando com bens exóticos e histórias de terras estranhas nos lugares mais distantes do continente.

A economia de transporte e pesca de Kul Tiraz ofuscava o poder marítimo de seu vizinho do norte, Guilnéas. Incapaz de competir com a próspera marinha de Kul Tiraz, Guilnéas se concentrou em fortalecer seus exércitos terrestres e seu poder mercantil. As forças armadas de Guilnéas se tornaram das mais poderosas de Arathor, igualadas apenas pela cidade-Estado de Alterac, que dominava muito das terras do norte.

Guilnéas e Alterac com frequência combinavam suas forças e lideravam grandes expedições para proteger as fronteiras de Arathor. Ao sul de Strom, em Khaz Modan, eles descobriram os anões e gnomos. As forças expedicionárias ficaram maravilhadas com a obra-prima de construção e engenharia que eram Altaforja e Gnomeregan. Os humanos logo fizeram amizade com as duas raças, especialmente com os anões, que também adoravam batalhas, contar histórias e cerveja ale forte. As três culturas se dedicaram a um comércio dinâmico, e costumavam compartilhar conhecimentos de forjamento, mineração, engenharia e até mesmo magia arcana.

Ao longo dos anos, o poder de Strom continuou a minguar. Limitada por um terreno pedregoso e montanhoso, e apresentando recursos naturais escassos, Strom não conseguia competir com as economias das outras cidades-Estado. Finalmente, muitas das famílias nobres locais partiram para os vales férteis e os pastos do norte. Lá, fundaram uma cidade-Estado e a batizaram em homenagem à região circundante: Lordaeron. Os nobres usaram sua riqueza para comprar grandes lotes de terra, alguns dos quais haviam sido desenvolvidos por antigos habitantes. Essas áreas incluíam Moinhos dos Agamand e as fazendas das famílias Balnir e Solliden.

Lordaeron e a Luz Sagrada

Depois das Guerras dos Trolls, diversos sacerdotes humanos começaram a ter visões e sonhos com seres angelicais, formas geométricas que vibravam com uma luz viva. Embora não soubessem disso, os sacerdotes tinham entrado em comunhão com os naarus na Grande Treva Infinita. Por essa ligação, os naarus guiaram os corações de alguns humanos e os apresentaram à Luz Sagrada.

Nesses encontros etéreos com os naarus, os sacerdotes aprenderam a utilizar os extraordinários efeitos curativos da Luz. Eles também criaram um movimento religioso baseado nos princípios de justiça, paz e obras altruístas. Popular entre as pessoas comuns, esse movimento se desenvolveu.

Lordaeron também era o lar de ascetas profundamente religiosos que acreditavam na Luz, um poder cósmico que alegavam estar presente em todas as coisas vivas. Muitas pessoas doentes e idosas viajavam para comunas religiosas em Lordaeron, esperando descobrir uma cura para os seus males. Outras faziam peregrinações à cidade-Estado em busca de sabedoria e iluminação. As fronteiras de Lordaeron logo se ampliaram, e ela se transformou em um verdadeiro reino. As famílias nobres acabaram rebatizando o coração de sua próspera nação de Cidade Capital.

Pouco depois de os lordes de Strom terem seguido para o norte, os últimos descendentes vivos do rei Thoradin também deixaram Arathor. Liderados por um membro da linhagem de Thoradin chamado Faldir, eles partiram por mar e se aventuraram pelo extremo sul, estimulados por histórias e uma terra luxuriante e inexplorada onde poderiam ter um recomeço.

As histórias se provaram verdadeiras. Os descendentes de Thoradin se estabeleceram ali e fundaram o reino de Ventobravo. Aninhada entre picos e com um porto naturalmente protegido, a cidade-Estado se firmou como uma grande potência na região.

Strom foi deixada nas mãos de algumas poucas famílias governantes teimosas demais para abandonar a antiga capital. Entre elas, estavam os descendentes de Ígnaeus Matatroll, um general que se tornara lenda durante as Guerras dos Trolls. Ao longo dos anos, essas famílias reconstruíram a infraestrutura dilapidada de Strom e rebatizaram a capital de Stromgarde. A cidade, contudo, nunca iria recuperar sua antiga glória.

De fato, o sonho de Thoradin de um povo unificado estava morrendo. Ao longo de gerações, as diferentes cidades-Estado se tornaram cada vez mais distantes e isoladas. Surgiram rivalidades à medida que essas nações se voltavam para dentro, preocupadas com seu próprio bem-estar e menos inclinadas a oferecer ajuda umas às outras.

MAPA DOS TERRITÓRIOS HUMAMOS NOS REINOS DO LESTE

MARAUDON E A ASCENSÃO DOS CENTAUROS

MIL E CEM ANOS ANTES DO PORTAL NEGRO

Durante milhares de anos, os taurens nômades percorreram as florestas luxuriantes de Kalimdor, vivendo em harmonia com a natureza e os elementos. Das muitas terras pelas quais as tribos passaram, uma em particular se tornou terreno sagrado para todos os xamã tauren: *Mashan'she*, ou "o Tear da Mãe Terra", batizada em homenagem à divindade mítica que eles acreditavam ter criado o mundo. Esse pasto verdejante ficava ao longo do litoral oeste de Kalimdor, cravado entre as selvas de Feralas e a cordilheira das Torres de Pedra.

Atraídos por leves sussurros elementais, os xamãs taurens ficaram convencidos de que a própria Mãe Terra vivia em algum lugar sob as campinas. Eles passaram décadas tentando despertá-la por intermédio de uma comunhão com os elementais da região e realizando rituais festivos.

Os xamãs finalmente tiveram sucesso, mas logo descobriram que os sussurros que tinham ouvido não vinham de uma Mãe Terra benevolente. Eram ecos de algo muito mais sinistro – algo do violento passado elemental de Azeroth. Das profundezas de uma enorme caverna, abaixo dos pastos, emergiu um gigantesco elemental de terra: a princesa Theradras, uma das descendentes do governante elemental Therazane.

Em eras passadas, os guardiões aprisionaram a maioria dos elementais em outro plano de existência, mas alguns, como Theradras, tinham escapado ao banimento. Ela se escondera sob a terra e mergulhara em um sono profundo. Os milênios de sono tinham lentamente enfraquecido a forma poderosa de Theradras.

Recém-acordada, Theradras alcançou as matas ao redor e consumiu suas energias. Um poder revigorante correu pelo elemental, regenerando sua forma irregular. No entanto, isso deixou enormes trechos de terra ressecados. A vida vegetal por toda Mashan'she murchou e morreu. Os taurens, horrorizados, forçados a comer restos para sobreviver, depois rebatizariam as planícies estéreis de Desolação.

Os efeitos da morte súbita e violenta daqueles vastos ecossistemas interligados foram além de Azeroth. Muitos dos druidas mortais e espíritos no Sonho Esmeralda sofreram com a chocante perda de vida. Zaetar, um dos filhos da floresta de Cenarius, emergiu do Sonho para investigar.

Como seu pai, Zaetar caminhava pelo mundo físico na forma de um majestoso meio-cervo. Trepadeiras esguias e folhas verdes circundavam seus membros e sua galhada grandiosa. Sempre que seus cascos tocavam o solo, dezenas de mudas brotavam. Com o tempo, elas se transformariam em bosques densos.

A investigação de Zaetar o levou às cavernas úmidas abaixo de Desolação, onde ele encontrou Theradras. Embora tivesse decidido aprisionar a estranha criatura, ele logo se encantou pela princesa. As energias vitais roubadas que emanavam de Theradras enfeitiçaram Zaetar, que ficou fascinado com sua beleza.

Theradras também achou Zaetar bonito, e decidiu fazer de tudo para conquistar seu amor eterno. A princesa elemental estava bem consciente da influência que exercia sobre ele e tirou proveito disso. Theradras alegou que não pretendera causar mal à terra, e que estava buscando um modo de devolver à região sua antiga beleza. Juntos, conclamou, eles talvez conseguissem.

Zaetar abandonou seus planos e se tornou parceiro de Theradras. Ele sabia que era contra a natureza, mas não conseguiu negar o amor que brotara em seu coração. Dessa união proibida nasceu uma raça aberrante. Eles foram chamados de centauros, e seu barbarismo levaria o terror às terras de Kalimdor.

O que os centauros careciam em elegância e beleza, compensavam em força. Seus corpos inferiores equinos lhes davam grande velocidade, enquanto os troncos humanoides robustos lhes davam inacreditável força física. Mas a tendência à brutalidade dos centauros sobrepujava todas as suas outras características.

Ao ver os centauros, Zaetar imediatamente reconheceu a gravidade de seu pecado. Embora tentasse se relacionar com suas crias, não conseguia suportar sua presença. Os centauros reconheceram o ódio nos olhos do pai e isso os levou a uma fúria cega. Os selvagens homens-cavalos atacaram, abatendo Zaetar.

A morte de Zaetar partiu o coração de Theradras. A princesa elemental censurou os centauros por aquele assassinato injustificado, e eles ficaram desolados ao se dar conta de que haviam ferido sua amada mãe. Suplicaram seu perdão e prometeram que daquele dia em diante iriam honrar e reverenciar o falecido pai. Theradras sepultou o espírito de Zaetar na grandiosa caverna onde ela um dia hibernara. Os centauros chamariam aquele lugar de Maraudon, e o tratariam para sempre como terra sagrada.

Os centauros proliferaram rapidamente e se espalharam por Desolação. Lançaram sua ira contra os infelizes taurens que habitavam a região, obrigando-os a abandonar seus lares. Mas os filhos bárbaros de Theradras não se detiveram em Desolação. Nos séculos seguintes, bandos vorazes de centauros caçariam os taurens de Kalimdor, iniciando um longo e negro período de guerra entre as duas raças.

A Guerra das Areias Cambiantes

Novecentos e setenta e cinco anos antes do Portal Negro

Desde a última guerra contra o império troll, os descendentes dos aqir permaneciam escondidos em seus domínios subterrâneos. Apenas os mantídeos de Pandária continuaram a ser uma ameaça. Quase todas as raças de Azeroth tinham se esquecido do potencial impiedoso das colônias de insetoides que espreitavam sob a terra.

Uma dessas colônias, os qiraji, tinha se instalado na antiga fortaleza de Ahn'Qiraj. Os guardiões haviam construído essa enorme fortaleza para aprisionar o Deus Antigo C'Thun. Dentro dos corredores de arenito sem vida de Ahn'Qiraj, os insetoides haviam permanecido adormecidos.

Embora Azshara e seu império de elfos noturnos tivessem um dia sabido da fortaleza, com o tempo sua existência foi esquecida. Poucas criaturas vivas habitavam os arredores de Ahn'Qiraj. Isso se devia, em parte, ao enorme e inóspito deserto de Silithus, que se estendia a partir dos enormes obeliscos da fortaleza.

Ahn'Qiraj só foi redescoberta pelos elfos quando o arquidruida Fandral Guenelmo iniciou uma busca para recuperar a terra de Silithus. Ele enviou seu filho guerreiro, Valstann, e um grupo de seus druidas mais confiáveis para cumprir a tarefa. Avançaram sobre as dunas escaldantes, buscando reservatórios de água ocultos que pudessem usar para transformar a região em uma floresta verdejante. Valstann e seus camaradas finalmente se depararam com Ahn'Qiraj. Embora alguns dos druidas alertassem para que não entrasse na fortaleza, o filho de Fandral avançou. Sua presença nos frios corredores acabou despertando os qiraji adormecidos.

De sua prisão sob Ahn'Qiraj, C'Thun também tomou consciência dos qiraji despertados. O Deus Antigo lançou os insetoides em um furor assassino. As castas superiores da sociedade qiraji começaram a organizar seus comparsas inferiores, dos quais os mais numerosos eram conhecidos como os silitídeos. Esses insetoides agressivos tinham muitas formas, e todos obedeciam aos desejos de seus superiores qiraji.

A descoberta dos qiraji chocou Valstann e seus companheiros druidas. Após se retirar de Ahn'Qiraj, eles estabeleceram um pequeno posto avançado em Silithus para manter os insetoides sob guarda. Diante de seus olhos, a fortaleza ficou infestada de um número cada vez maior de qiraji.

Então, sem aviso, um enorme exército saiu dos túneis abaixo de Ahn'Qiraj. À frente dessa legião enxameante estavam os qiraji. Eles orientaram seus comparsas silitídeos para que tomassem os desertos ao redor e se espalhassem também para outras regiões.

A essa altura, Valstann tinha pedido ajuda ao pai. Fandral reuniu uma força de druidas, sentinelas, sacerdotisas e guardiões do bosque para lidar com a ameaça qiraji. No limite sul de Kalimdor, a legião dos elfos noturnos entrou em choque com seus violentos inimigos. Em alguns momentos, eles conseguiam fazer os qiraji recuarem para as dunas de Silithus, mas apenas para que os insetoides organizassem um contra-ataque e recuperassem a vantagem. Essas idas e vindas prosseguiram por muitos meses, deixando em sua esteira os cadáveres destruídos de elfos e insetoides.

A Guerra das Areias Cambiantes tinha começado.

Fandral e seus camaradas criaram postos avançados por todo o sul de Kalimdor, de onde continuaram a lutar naquela guerra brutal contra os qiraji. Finalmente os incansáveis druidas e seus aliados conseguiram expulsar os qiraji de volta para o centro de Silithus.

Mas houve uma terrível reviravolta no instante em que a vitória parecia estar ao alcance. Durante uma manobra orquestrada pelos qiraji, Valstann foi capturado e feito em pedaços diante dos olhos de Fandral.

A morte de Valstann arrasou o arquidruida e semeou incerteza nas fileiras dos elfos noturnos. Os qiraji aproveitaram a oportunidade e novamente saíram de Silithus e se espalharam pelos desertos orientais de Tanaris. Em um ato impulsivo, atacaram o santuário da Revoada Dragônica Bronze: as Cavernas do Tempo.

O ataque irresponsável dos qiraji colocou a revoada bronze em ação. Liderados por Anacronos, eles receberam a ajuda das revoadas dragônicas vermelha, verde e azul. Os poderosos dragões se juntaram aos elfos noturnos e obrigaram os exércitos qiraji a recuar para trás das muralhas de Ahn'Qiraj.

Mesmo com a presença dos poderosos dragões na guerra, os qiraji eram numerosos demais para serem totalmente derrotados. Fandral temia que essa guerra nunca fosse ter fim. Milhares de elfos já tinham perecido nas garras dos insetoides, e ele relutava em sacrificar mais do seu povo. Por isso, os dragões e ele conceberam um modo de acabar com a guerra imediatamente. Eles trancariam os insetoides dentro da própria Ahn'Qiraj.

Os elfos noturnos e os dragões se reuniram diante de Ahn'Qiraj para concluir essa tarefa. Fandral convocou seus druidas para que unificassem seus poderes. Juntamente com Anacronos, os elfos invocaram uma grande barricada para lacrar Ahn'Qiraj. Do lado de fora da cidade amaldiçoada, a terra seca se abriu e uma barreira mágica de pedra e raízes colossais se ergueu. Essa impenetrável Muralha do Escaravelho se erguia bem acima da paisagem estéril, aprisionando os qiraji dentro de sua cidade para sempre.

A MURALHA DO ESCARAVELHO E O GONGO DO ESCARAVELHO

Como ato final, Anacronos forjou dois artefatos místicos: o Gongo do Escaravelho e o Cetro das Areias Cambiantes. O dragão confiou o cetro a Fandral. Caso um dia surgisse a necessidade de voltar a Ahn'Qiraj, ele poderia usar esse artefato para abrir a Muralha do Escaravelho.

Fandral não encontrou consolo em terminar com a ameaça qiraji, pois a morte de Valstann ainda atormentava seu coração. Em um acesso de fúria, ele estraçalhou o Cetro das Areias Cambiantes, e o que restou da peça permaneceu perdido pelos mil anos seguintes.

A Guardiã Aegwynn

Oitocentos e vinte e três anos antes do Portal Negro

À medida que os anos passavam em Dalaran, novos Guardiões de Tirisfal chegavam e partiam. Alguns se retiravam em paz, outros tombavam durante sua guerra incessante contra os membros da Legião Ardente. Ainda assim, Dalaran permaneceu em segurança sob o olhar atento do Guardião.

Um dos últimos Guardiões a servir foi um mago brilhante chamado Scavell. No final de seu século de compromisso, ele não encontrou nenhum candidato adequado para ficar no seu lugar. O Conselho de Tirisfal, preocupado com o que poderia acontecer nos anos ou décadas que levaria para encontrar outro Guardião, solicitou que Scavell permanecesse em seu posto. O mago humano estava relutante, mas terminou concordando. Afinal, o século de serviço era apenas uma tradição, não uma lei. A relação entre Scavell e o conselho era relativamente forte; juntos, eles continuaram a proteger o mundo da predação da Legião.

Anos se passaram antes que Scavell finalmente encontrasse um grupo de aprendizes que pudesse sucedê-lo. Entre eles estava uma humana chamada Aegwynn, que rapidamente se distinguiu como a mais habilidosa e dedicada do grupo de candidatos. O Conselho de Tirisfal deu a ela a honra de Guardiã, com as bênçãos de Scavell. No mesmo instante, Aegwynn começou a banir as forças das trevas.

Aegwynn era uma guardiã brilhante, mas também teimosa e obstinada em suas relações com o Conselho de Tirisfal. Sempre desconfiava das figuras de autoridade, o que muitas vezes a colocava em choque com os magos anciãos. Ignorando suas recomendações e seus conselhos, Aegwynn seguiu seu próprio caminho durante seus longos anos como Guardiã. Mas o Conselho de Tirisfal não se incomodou com seu comportamento. Os magos sabiam que Aegwynn era uma feiticeira sem igual, um prodígio capaz de manipular volumes enormes de energia arcana. Sua eficácia como Guardiã superava sua imprevisibilidade e sua tendência à desobediência.

Perto do final do seu século de serviço, Aegwynn sentiu algo soturno se agitando nas terras geladas de Nortúndria. Ela viajou para aquele continente distante e descobriu um bando de demônios que estava caçando dragões azuis errantes e se alimentando de suas poderosas energias arcanas. Embora poderosos, os dragões não conseguiam resistir à astúcia e ao poder da Legião.

Aegwynn viajou imediatamente até a torre do Templo do Repouso das Serpes, o santuário venerado de todos os dragões. Invocou as criaturas majestosas a honrar seu pacto sagrado de proteger o mundo do mal. Liderados por Alexstrasza, a Mãe da Vida, várias das revoadas dragônicas concordaram em lutar ao lado da Guardiã. Juntos, eles montaram uma emboscada perto da gigantesca ossada de Galakrond.

AEGWYNN CONFRONTA O AVATAR DE SARGERAS EM NORTÚNDRIA

Os demônios caíram na armadilha de Aegwynn. Enquanto uma nevasca assolava o terreno, a Guardiã e seus aliados alados esmagaram os capangas da Legião. Mas nem Aegwynn nem os dragões esperavam o que viria a seguir.

Os céus de nortúndria giraram e escureceram. Uma monstruosa forma demoníaca emergiu sobre o campo de batalha. Sargeras, comandante da Legião Ardente. Aquele era apenas um avatar do Senhor dos Demônios, Uma pequena parcela do vasto poder cósmico que ele possuía. A ainda assim irradiava grande força e fúria. Ele lançou seu terrível poder sobre Aegwynn, com a intenção de destruir a Guardiã que detivera seus agentes por tanto tempo.

Aegwynn não hesitou em revidar. Invocou seus poderes e os usou contra Sargeras. A batalha que se seguiu foi a mais difícil que Aegwynn já havia travado. À sombra dos restos gigantescos de Galakrond, Sargeras e a guardiã invocaram a Fúria Dos Céus. Seus ataques rasgaram os céus escurecidos e deixaram cicatrizes na crosta gelada de Nortúndria. Uma tempestade de magia invadiu a região e afastou até mesmo os poderosos dragões. Com um último fluxo incansável de feitiços, Aegwynn derrotou seu inimigo. Embora esgotada por todo o esforço, ela foi vitoriosa.

Ou pelo menos era o que parecia.

Quando Aegwynn derrubou Sargeras ele transfira seu espírito para o corpo enfraquecido dela. Ali, uma parcela da interminável maldade de sargeras permaneceria, espreitando nas profundezas de sua alma.

Ignorando a presença negra escondida bem no fundo de si, Aegwynn reuniu a colossal forma derrotada de sargeras para isolá-la em um lugar onde não pudesse fazer mal a mais ninguém. Ela pensou em muitos lugares que poderiam acomodar o Senhor dos Demônios em seu descanso final. Então escolheu a antiga cidade dos elfos noturnos de Suramar, parte da qual havia sido lançada para o fundo do mar durante a cisão.

Durante a Guerra dos Antigos, a Legião tentara abrir um portal dentro da própria Suramar. O plano fora frustrado por uma seita de altaneiros liderada pela grã-magistra Elisande. Esses feiticeiros poderosos criaram uma série de lacres encantados para fechar o portal dos demônios e também neutralizar todas as energias vis próximas. Quando a cisão partiu o mundo, a área em que a legião havia instalado o portal fora sugada pelas ondas.

Foram essas ruínas perdidas que chamaram atenção de aegwynn. sabendo que os lacres dos altaneiros anulariam qualquer mal que ainda restasse no avatar de sargeras, ela enterrou o corpo do Senhor dos Demônios na parte submersa de Suramar. Aegwynn esperava que os restos de sargeras permanecessem lá intocados até o fim dos tempos.

Liu Lang e a Ilha Errante

Oitocentos Anos Antes do Portal Negro

Enquanto a Guardiã Aegwynn mantinha vigilância sobre o mundo de Azeroth, os solitários pandaren continuavam em sua existência isolada. A vida na pátria de Pandária seguia em relativa paz, salvo pelos periódicos ataques dos mantídeos contra o Espinhaço da Serpente. Como povo, os pandaren estavam contentes em passar seus dias por trás da névoa densa que envolvia seus domínios. Todos acreditavam que o resto de Azeroth havia sido aniquilado na terrível Cisão.

Mas um jovem pandaren, Liu Lang, não partilhava essa crença. Ele havia sido criado em uma pequena fazenda no tranquilo Vale dos Quatro Ventos e com frequência vagava pelos penhascos debruçados sobre o mar, pensando se existia algo além do horizonte. Sua curiosidade o levou a fazer um anúncio ousado: ele iria embarcar em uma grande viagem por mar e descobrir, de uma vez por todas, o que acontecera com o mundo exterior.

Ignorando os alertas e o deboche de seus colegas pandaren, Liu Lang reuniu alguns poucos suprimentos e começou sua jornada. Montado em uma pequena tartaruga chamada Shen-zin Su, ele navegou por entre a névoa envolvente. O tempo passou sem notícias de Liu Lang, e os outros pandaren acreditavam que ele devia ter morrido em sua aventura temerária.

E então, cinco anos depois, Liu Lang retornou, contando histórias inacreditáveis de terras e pessoas misteriosas do outro lado do mar. O jovem reabasteceu seus suprimentos e partiu novamente.

Dessa vez, ele não faria a jornada sozinho. Shen-zin Su ficara maior com os anos, e as histórias de Liu Lang haviam inspirado uma pandarena a se juntar a ele na nova fase da viagem. Seu nome era Shinizi, e ela depois se tornaria a esposa de Liu Lang.

Liu Lang retornava a cada cinco anos. Todas as vezes, mais pandaren decidiam se juntar ao excêntrico explorador para uma vida de aventuras en cima de uma Shen-zin Su cede vez menor. Essa tradição perdurou por décadas, até a Grande Tartaruga ter chegado ao tamanho de uma ilha gigantesca. Montanhas enevoadas e lagos se formaram sobre o seu casco. Com o tempo, surgiram aldeias na paisagem. Elas se tornaram lar de uma comunidade próspera de pandarena que acabariam chamando aquele refúgio singular de a Ilha Errante.

Em sua viagem final partindo de Pandária, o idoso Liu Lang mergulhou em um sono profundo do qual nunca despertou. Seu espírito se fundiu ao da própria tartaruga marinha. A tradição iniciada por Liu Lang, de partir em explorações corajosas e ousar sonhar além do conhecido, não morreu com ele. Os pandaren da Ilha Errante levariam seus valores pelos séculos por vir.

O Desaparecimento de Aegwynn

Seiscentos anos antes do Portal Negro

Depois da batalha em Nortúndria, Sargeras começou a distorcer os pensamentos de Aegwynn. Ele a levou a se isolar do Conselho de Tirisfal, aproveitando-se das preocupações que ela sempre acalentara sobre a ordem. a principal preocupação dizia respeito a algo que aegwynn descobrira pouco antes: os membros do conselho de tirisfal estavam interferindo na política das nações humanas. Os magos argumentavam que o que faziam era necessário – sua ordem passara tempo demais nas sombras. Com seu conhecimento e sabedoria, eles tinham o poder de impedir que guerra e sofrimento se instaurassem no mundo mortal.

Aegwynn, contudo, via as atividades secretas do conselho com ceticismo e desconforto. Ela temia que, se abdicasse, eles escolhessem um guardião mais fraco, alguém que pudessem manipular para atingir seus objetivos políticos. Assim, aegwynn decidiu permanecer com guardiã além de seu primeiro século de serviços. ela usou seus poderes para estender sua própria vida por décadas a mais do que teria sido possível de outra forma. embora alguns integrantes do conselho ficassem insatisfeitos com a escolha de aegwynn, aceitaram sua decisão. Afinal, ela conseguira feitos inacreditáveis em seu tempo como guardiã.

Ao longo dos cem anos seguintes, a relação de aegwynn com o Conselho se tornou cada vez mais tensa. A sutil influência de sargeras tornou-a ainda mais paranoica com relação a seus colegas magos. Seu desconforto crescente a levou a construir um refúgio longe dos olhos do conselho. Ela forjou na estéril e distante trilha do vento morto a grandiosa torre conhecida como karazhan. sua localização permaneceria em segredo do conselho por muitos anos.

Aegwynn frequentemente se recolhia a karazhan para trabalhar em paz e silêncio. Mas a torre também servia a outro objetivo vital: era um canal para as poderosas linhas meridionais na região vizinha, por intermédio das quais aegwynn podia sugar energia quando necessário.

Com o tempo, os membros envelhecidos do conselho começaram a falecer, seus poderes ainda controlados por Aegwynn. Novos feiticeiros se juntaram à ordem. eles mantiveram a prática do conselho de interferir com as nações dos reinos do leste. Muitos desses novos membros também pediam uma postura mais dura em relação àquela guardiã desencaminhada, para forçá-la a abrir mão de seus poderes.

Durante uma das raras visitas de aegwynn a Dalaran, o Conselho exigiu que ela renunciasse como Guardiã ou enfrentasse as consequências. aegwynn não aceitou a ameaça. Sua desconfiança do conselho se transformara em hostilidade explícita. Ela disse aos magos que colocar o destino de azeroth nas mãos deles equivalia a condenar o mundo.

Furiosos com o comportamento de Aegwynn, os membros do conselho resolveram que era hora de tomar providências. Se a Guardiã não abrisse mão dos seus poderes por bem, eles a obrigariam a fazê-lo. Em longas sessões, o conselho debateu como conseguir isso. Alguns propuseram dar poderes a um novo guardião, mas a ideia era muito arriscada. Se Aegwynn e outro guardião entrassem em conflito, as consequências poderiam ser desastrosas para o mundo. Esse conflito chamaria atenção para sua ordem clandestina.

No fim, o conselho se decidiu por um curso de ação mais sutil. Eles formaram a tirisgarde, uma ordem de magos munidos de relíquias e armamentos que podia reduzir os inacreditáveis poderes da guardiã. Após anos de treinamento, esses caçadores talentosos e bem equipados partiram para encontrar Aegwynn e levá-la de volta a dalaran.

A guardiã enganou muitos dos tirisgarde facilmente. Contudo, os caçadores conseguiram encontrar karazhan e informar sua localização ao conselho.

Como karazhan não era mais segura, aegwynn isolou a torre com sua mágica. Depois saiu em busca de um novo refúgio – um que nem o conselho nem os tirisgarde pudessem um dia descobrir. Depois de estudar todas as possibilidades, ela decidiu construir essa fortaleza nas ruínas da antiga suramar, no fundo do mar. Sua moradia, o santuário da Guardiã, permaneceria escondida dos tirisgarde por séculos.

A GUERRA DOS TRÊS MARTELOS

DUZENTOS E TRINTA ANOS ANOS ANTES DO PORTAL NEGRO

Longe do recôndito Santuário da Guardiã, o alto rei Modimus Sidermar e seus anões prosperavam em seu lar montanhoso de Altaforja. Ao longo dos séculos, parcerias comerciais com as cidades-Estado humanas tinham enchido de riquezas os cofres de Altaforja. Grandes feitos arquitetônicos, como o Dique Lapidado, atraíam visitantes curiosos de locais tão distantes quanto o reino dos elfos de Quel'Thalas.

Sob a fachada de prosperidade, entretanto tensões ferviam entre três poderosos clãs de Altaforja: os Barbabronze, os Martelo Feroz e os Ferro Negro.

O cavaleiro Madoran Barbabronze era o líder do clã Barbabronze, a maior das três facções. O clã, que formava o grosso das classes militares e mercantis de Altaforja, se considerava os alicerces do reino, e alegava ter distantes laços de sangue com o alto rei Modimus.

Os Martelo Feroz viviam nas colinas irregulares e encostas geladas ao redor de Altaforja. Liderados pelo cavaleiro Khardros Martelo Feroz, eles ficaram famosos como montanhistas habilidosos e inacreditavelmente resistentes. Considerados incultos pelo clã Barbabronze, os Martelo Feroz lutavam para conquistar mais prestígio com o alto rei Modimus e consolidar seu lugar entre a elite governante de Altaforja.

O cavaleiro-feiticeiro Thaurissan liderava os Ferro Negro, que habitavam as profundezas escuras da cidade subterrânea. Sua antiga prática de feitiçaria, juntamente com uma tendência ao segredo e a conspirações políticas, provocavam a ira dos outros habitantes de Altaforja. Thaurissan tinha firme controle dos ricos depósitos de pedras preciosas e minerais do reino, usando sua riqueza como forma de proteger seu povo e garantir um lugar na arena política cada vez mais instável de Altaforja.

O alto rei Modimus se esforçava para tratar cada clã com justiça e respeito, mas sua incapacidade de aliviar as tensões entre as facções acabou levando ao desastre. O alto rei morreu de velhice e, antes que seu filho mais velho pudesse ser coroado, o caldeirão fervente de Altaforja transbordou.

Ninguém sabe exatamente quem desferiu o primeiro golpe. A guerra explodiu entre os três clãs com cada um buscando o controle da montanha. Batalhas sangrentas foram travadas em todos os cantos do reino por muitos longos e terríveis anos. Por fim o clã Barbabronze usou sua experiência marcial para expulsar Martelo Feroz e Ferro Negro da montanha e anunciar vitória definitiva.

Khardros reconheceu a derrota e liderou seu povo rumo norte. Os Martelo Feroz acabaram se instalando em uma região de pântanos próxima. Eles escavaram uma grandiosa cidade subterrânea chamada Grim Batol, que logo iria rivalizar até com Altaforja em alcance e prestígio. A derrota pesou muito nos ombros de Khardros, mas, com o tempo, os Martelo Feroz aceitaram seu destino e prosperaram em seu novo lar.

Os Ferro Negro seguiram para o sul até as tranquilas Montanhas Cristarrubra. Lá, fundaram o novo reino de Thaurissan, em homenagem a seu líder. Embora seu povo prosperasse, o próprio Thaurissan sofria com a humilhação. Ele sonhava em um dia se vingar de seus primos do norte e reivindicar para si todo Khaz Modan.

Após anos forjando em segredo um novo exército, Thaurissan lançou um ousado ataque em duas frentes aos clãs Barbabronze e Martelo Feroz. O próprio cavaleiro-feiticeiro liderou o ataque a Altaforja. Ele reforçara seus formidáveis guerreiros Ferro Negro com legiões de enormes golens de guerra e armas de cerco. Os invasores chegaram ao coração da cidade antes que os Barbabronze finalmente se erguessem e empurrassem os Ferro Negro de volta a Cristarrubra.

A esposa de Thaurissan, a feiticeira Modgud, liderou o segundo exército contra Grim Batol. Os Ferro Negro sitiaram a poderosa fortaleza e invocaram sua magia negra para quebrar a disposição dos Martelo Feroz. Eles deram vida às sombras de Grim Batol, transformando a cidade agitada em um reino de pesadelo e terror. Khardros liderou seus Martelo Feroz em um contra-ataque ousado e derrotou Modgud. Com a morte da feiticeira, os Ferro Negro se retiraram para o sul, apenas para se ver cara a cara com os exércitos de Altaforja. Madoran recebera notícias do ataque e levara suas forças para o norte. Os exércitos dos Barbabronze e Martelo Feroz esmagaram os Ferro Negro pelos dois lados, aniquilando-os.

Madoran e Khardros encontraram nos Ferro Negro um inimigo comum e um novo objetivo. Eles deixaram de lado suas antigas rivalidades e marcharam para o sul com sua poderosa legião, jurando não se deter até terem eliminado da face do mundo Thaurissan e seus Ferro Negro traiçoeiros.

Enquanto os exércitos de Barbabronze e Martelo Feroz se aproximavam, Thaurissan correu em busca de uma forma de derrotar seus inimigos. Ele decidiu buscar o terrível poder das profundezas do mundo e usá-lo como uma arma. Assim, Thaurissan conjurou um grande feitiço para salvar seu reino. Contudo, enquanto conjurava, sua mente se voltou para a morte de sua esposa e suas derrotas recentes. A raiva tomou seu coração, e se tornou tão absoluta que seu feitiço rompeu o Plano Elemental e chegou a Ragnaros, o Senhor do Fogo.

Inadvertidamente, Thaurissan arrancou Ragnaros do Plano Elemental e o invocou à superfície de Azeroth. A terra se curvou e partiu. A violenta ressurreição do Senhor do Fogo deflagrou uma série de explosões apocalípticas que matou instantaneamente o cavaleiro-feiticeiro e despedaçou as montanhas próximas.

Madoran e Khardros viram de longe, horrorizados, enquanto o mundo era feito em pedaços e tempestades de fogo envolviam a região. Eles souberam naquele instante que Thaurissan havia condenado a si mesmo e seu povo. Temendo pela própria segurança, os Martelo Feroz e os Barbabronze voltaram-se para o norte e fugiram.

THAURISSAN INVOCA AO MUNDO RAGNAROS, O SENHOR DO FOGO

Consequências e reconstrução

Nos anos posteriores à Guerra dos Três Martelos, Madoran e seu povo reconstruíram Altaforja. Khardros e os Martelo Feroz, contudo, escolheram abandonar Grim Batol. Modgud havia amaldiçoado a cidade na hora de sua morte, tornando-a inabitável. Os Barbabronze ofereceram aos Martelo Feroz um lugar em Altaforja, mas foi no máximo um gesto de reconciliação. Madoran no fundo sabia que Khardros era orgulhoso demais para aceitar tal oferta. Como esperado, o governante dos Martelo Feroz decidiu traçar um novo futuro para o seu clã.

Alguns dos Martelo Feroz se instalaram em uma região chamada Northeron. Mas Khardros liderou a maioria do clã ainda mais para o norte, até as Terras Agrestes de florestas densas. As lembranças de Grim Batol ainda assombravam os Martelo Feroz, então eles decidiram abandonar as moradias subterrâneas do passado. Ao chegar a Terras Agrestes, Khardros e seu povo construíram uma cidade majestosa, Ninho da Águia, no alto das montanhas. Os Martelo Feroz estabeleceram seus tradicionais laços com o mundo natural. Praticaram xamanismo e fizeram amizade com os inteligentes grifosm criaturas meio leão, meio águia que chamavam de lar os nichos e fissuras das montanhas. Os grifos se tornaram um símbolo dos Martelo Feroz, uma parte inseparável de sua cultura.

Madoran e Khardros estabeleceram laços diplomáticos entre suas duas nações em recuperação. Os grandes arcos da Ponte Thandol foram construídos como uma ponte tanto econômica quanto simbólica entre os territórios dos anões. Embora rivalidades e diferenças ideológicas persistissem, os dois líderes juraram nunca mais pegar em armas para lutar um contra o outro.

Quando Khardros e Madoran morreram, seus filhos contrataram artesãos para esculpir duas grandes estátuas dos líderes. Os artesãos ergueram-nas na entrada para as terras do sul, além do que ficavam os territórios dos Ferro Negro. Ali, as estátuas manteriam uma vigília incansável, seus olhos de pedra sempre montando guarda sobre o domínio irregular de suas nêmeses.

O renascimento de Ragnaros dizimara muito das Montanhas Cristarrubra. Um vulcão ativo conhecido como Montanha Rocha Negra se erguia então acima do reino dizimado dos Ferro Negro. O deserto fumegante ao sul do vulcão era chamado de Estepes Ardentes. O grande desfiladeiro ao norte foi apelidado de Garganta Abrasadora.

O próprio Ragnaros se retirou para o fundo do coração calcinante da Montanha Rocha Negra. De seu esconderijo, o Núcleo Derretido, ele escravizou os Ferro Negro sobreviventes. Os anões obedeciam a todas as ordens de seu senhor elemental. Eles escavaram uma nova fortaleza sob a montanha e a chamaram de Cidade de Umbraforja. Em seu lar tórrido, eles continuariam a acalentar seu ódio aos Martelo Feroz e aos Barbabronze.

O Reinado da Linhagem Sidemar

O controle de Altaforja pela família Sidermar chegou ao fim com a custosa Guerra dos Três Martelos. Madoran Barbabronze assumiu a liderança da nação dos anões, mas não quis transformar seus antigos governantes em inimigos. Assim, ofereceu ao deposto príncipe da família Sidermar e a seus descendentes um assento permanente no senado de Altaforja.

MAPA DOS TERRITÓRIOS DOS ANÕES E GNOMOS NOS REINOS DO LESTE

A LIBERTAÇÃO DE KEZAN

CEM ANOS ANTES DO PORTAL NEGRO

Depois da Cisão, os zandalari partiram para explorar as numerosas ilhas que salpicavam o mar recém--formado entre Kalimdor e os Reinos do Leste. Foi durante essas viagens que os trolls descobriram Kezan, uma ilha habitada por goblins. Esses pequenos seres de pele verde eram inteligentes, mas grosseiros.

Em um primeiro momento, as duas raças mantiveram distância uma da outra. Os zandalari tinham ido a Kezan em busca de um estranho mineral chamado jakamita. O consumo de jakamita vaporizado produzia uma série de efeitos, como sentidos mais apurados, alucinações e aumento da inteligência. Os trolls valorizavam muito o mineral e o viam como um componente sagrado de seus rituais e cerimônias. Durante séculos eles exploraram os muitos veios de jakamita próximos da superfície da ilha. Eventualmente colocavam goblins trabalhando para eles, pagando com bugigangas brilhantes, mas baratas, que as pequenas criaturas valorizavam.

Esse arranjo mudou assim que os trolls descobriram um depósito inimaginável de jakamita enterrado bem fundo – mais do que os zandalari iriam um dia precisar. Em vez de cavar eles mesmos, escravizaram os goblins e os forçaram a minerar em condições terríveis. Durante mil anos, os goblins sofreram o jugo da opressão troll, fracos demais para resistir.

Entretanto, foi a própria jakamita que levou à salvação dos goblins.

Uma nuvem de poeira de jakamita sempre cobria as minas. Com o tempo, respirar aquela poeira despertou a inteligência e a habilidade dos goblins. Eles planejaram em segredo a derrubada de seus senhores de escravos, usando todos os materiais que encontraram para criar armadilhas, explosivos e outras armas engenhosas.

Os supervisores trolls foram apanhados desprevenidos quando a massa de goblins saiu das minas armada de artefatos mais avançados do que até mesmo os dos zandalari. A revolução abalou o controle que os trolls tinham sobre Kezan, acabando com sua operação de mineração e deixando para trás uma destruição inestimável.

Os zandalari sobreviventes fugiram e os goblins celebraram sua nova liberdade lançando-se uns contra os outros em uma corrida alucinada para preencher o vácuo de poder. Em meio ao caos, inúmeras facções e alianças foram formadas. Os mais poderosos desses grupos eram conhecidos como cartéis. Quando não surgiu nenhum vencedor da luta, esses cartéis negociaram uma difícil trégua.

Os conflitos entre as várias facções goblin nunca iriam realmente terminar, mas por décadas eles travaram a maioria de suas batalhas na arena econômica. Esses cartéis acabaram se voltando para o comércio para se sustentar e usaram os lucros para conseguir ainda mais riqueza e poder.

OS ANTIGOS GOBLINS

Nos tempos antigos, o guardião Mimiron havia descoberto a jakamita e a usara em experiências com diversas raças, expandindo seu intelecto. Alguns desses indivíduos testados eram membros de uma pequena raça primitiva que percorria as florestas perto de Ulduar. O consumo de jakamita transformou essas criaturas em uma espécie altamente inteligente e trabalhadora posteriormente conhecida como goblins.

A destruição causada pela Cisão acabou com o suprimento de jakamita para os goblins. Poucas gerações depois, sua inteligência ampliada desapareceu. Aqueles goblins que tinham encontrado refúgio na Ilha de Kezan já haviam se esquecido do papel que o jakamita desempenhara em sua antiga sociedade.

VENTOBRAVO E A GUERRA DOS GNOLL

SETENTA E CINCO ANOS ANTES DO PORTAL NEGRO

Em todos os Reinos do Leste, as diferentes nações humanas prosperaram. O menor e mais isolado desses reinos era Ventobravo. Ao longo dos anos, seu desenvolvimento se deveu às fazendas que ocupavam a região fértil ao redor. Com o aumento da população de Ventobravo, pequenas cidades surgiram nos arredores, na Floresta de Elwynn, nas Montanhas Cristarrubra, no Bosque Brilhante e no celeiro do reino, Cerro Oeste.

Embora a terra fosse relativamente pacífica, logo surgiram ameaças. Bandos de gnolls ferozes, mas obtusos, viram seus vizinhos humanos como presas fáceis. Essas criaturas grosseiras lançaram grupos de ataque a comboios, fazendas e mesmo pequenas cidades de Ventobravo. Em resposta, Ventobravo mandou seus valorosos cavaleiros e outros soldados para diligentemente patrulhar a terra.

Ventobravo se tornou um santuário para os refugiados atacados e expulsos de suas casas. O coração fortificado do reino oferecia não apenas segurança, mas também orientação espiritual. Ao longo das décadas, clérigos devotos da emergente Igreja da Luz Sagrada tinham se aventurado ao sul a partir de Lordaeron para disseminar sua fé. Ao chegar a Ventobravo, esses indivíduos dedicados fundaram a Ordem Sagrada dos Clérigos de Vila Norte. O reino viu esses clérigos como uma fonte de sabedoria e consolo em tempos difíceis.

Enquanto os clérigos devotos usavam os poderes da Luz para aplacar corações e mentes dos cidadãos de Ventobravo, forças militares patrulhavam as fronteiras do reino. Embora sua vigilância impedisse grandes banhos de sangue nos territórios exteriores, os gnolls continuavam a ser um perigo.

Durante o reinado do rei Barathen Wrynn, essa ameaça à espreita se tornou descontrolada. Os gnolls começaram a fazer ataques ousados à própria Ventobravo. Logo ficou claro que esses ataques eram meras distrações – enquanto soldados defendiam a cidade, fazendas de Cerro Oeste eram incendiadas. Os gnoll atacavam a cidade em tal número que poucos soldados podiam ser poupados para proteger as terras agrícolas.

Aquela não era uma tática comum para os grosseiros gnoll, e por um bom motivo: nunca antes tinha surgido entre eles um líder inteligente. O Senhor da Matilha Garfang, um astuto gnoll alfa da matilha Cristarrubra, passara anos conquistando outras matilhas nas regiões periféricas. Sob seu comando, ele tinha um exército de atacantes violentos e os recursos para usá-lo com eficiência. Um ano após o primeiro ataque, seus gnolls tinham arrasado quase um terço de todos os assentamentos humanos fora da cidade.

O rei Barathen enviou emissários para suplicar ajuda a Lordaeron, Guilnéas e os outros reinos humanos. Mas eles não enviaram assistência, não vendo vantagens em ajudar a pequena nação rural a acabar com a ameaça. Ventobravo era autossuficiente, de modo que o comércio com os outros reinos era raro, e suas tendências espirituais eram consideradas bizarras. Os humanos de Ventobravo teriam de se defender sozinhos.

A relutância das outras nações em enviar ajuda enfureceu o rei Barathen, e ele decidiu cuidar daquilo pessoalmente. O senhor da matilha gnoll havia sido ousado em atacar Ventobravo. Barathen decidiu que táticas igualmente ousadas eram necessárias para derrotá-lo.

O rei e um pequeno grupo de elite de cavaleiros em armaduras deixaram a cidade protegidos pela escuridão e esperaram o ataque seguinte dos gnoll às muralhas que a cercavam. Quando os grupos atacaram, o rei e suas forças se moveram – cavalgando rápido para *longe* de Ventobravo, rumo às Montanhas Cristarrubra. A aposta de Barathen funcionou: o senhor da matilha não tinha poupado nada nesse ataque, mas também não havia acompanhado seus guerreiros pessoalmente. Como a maioria dos gnoll, Garfang adorava deixar que outros fizessem o trabalho duro para ele.

Com todos os seus exércitos longe, o acampamento do senhor da matilha em Cristarrubra foi deixado exposto e sem defesas.

O grupo de Barathen combateu Garfang e seus guardas pessoais por um dia e uma noite inteiros. No fim daquela batalha, foi o próprio rei Barathen quem enfiou uma lâmina no pescoço do senhor da matilha. Metade de seus cavaleiros tinha morrido, e todos os sobreviventes estavam feridos, mas Barathen finalmente acabara com o reinado de Garfang.

Quando as forças dos gnoll souberam que seu líder estava morto, se voltaram umas contra as outras. Vários candidatos a senhor da matilha lutaram para ocupar o lugar de Garfang. Mas nenhum deles tinha sua astúcia ou esperteza, e os gnoll reduziram seu próprio número, deixando-os incapazes de continuar avançando nas terras humanas. O rei Barathen assumiu a vantagem na luta. Ele reuniu seus soldados e lançou suas forças contra as Montanhas Cristarrubra. Lá, elas dizimaram o que restava dos gnoll. Embora bolsões de criaturas hostis continuassem a viver na região, elas nunca mais ameaçariam Ventobravo como tinham feito.

O rei Barathen Wrynn, a partir de então conhecido como o Irredutível, foi festejado como um herói, e o reino de Ventobravo entrou em uma época de grande prosperidade. A vitória dera ao povo de Ventobravo a confiança em que podiam cuidar de qualquer ameaça que surgisse, mesmo que tivessem de enfrentá-la sem a ajuda das outras nações humanas. Nos anos seguintes, Ventobravo se tornaria ainda mais distante dos reinos do norte.

Sem que o mundo soubesse, logo se dariam em Ventobravo acontecimentos que mudariam para sempre o destino de Azeroth.

O ÚLTIMO GUARDIÃO

QUARENTA E CINCO ANOS ANTES DO PORTAL NEGRO

Longe de Ventobravo, o Conselho de Tirisfal continuou sua caçada incansável à guardiã renegada Aegwynn. Ondas de tirisgarde persistentes varriam o mundo para encontrar Aegwynn e puni-la por seu desafio.

Aegwynn, porém, permanecia segura em seu santuário, no fundo das ruínas submersas da antiga Suramar. Apenas raramente ela emergia para caminhar no mundo exterior. Às vezes entrava em contato com o Conselho de Tirisfal e observava suas atividades. Para sua tristeza, ela descobriu que a prática de interferir na política se tornara mais aberta e problemática. O Conselho de Tirisfal estava de fato praticando administração do Estado.

Foi durante um desses períodos que Aegwynn se deparou com Nielas Aran, um dos mais perseverantes e incansáveis de todos os tirisgarde. Ele caçou a Guardiã por meses, usando os artefatos encantados à sua disposição para anular sua magia e bloquear as tentativas de escapar de seu controle.

Esses encontros ferozes se tornaram uma espécie de jogo de determinação e inteligência entre Nielas e Aegwynn. Durante seus prolongados duelos, os oponentes provocavam, avançando e recuando, buscando visões das forças e fraquezas um do outro. Para surpresa de Aegwynn, ela descobriu que Nielas acalentava dúvidas sobre o Conselho de Tirisfal. Ele tinha plena consciência das maquinações políticas da ordem – atividades com as quais não concordava.

Nielas se deu conta de que Aegwynn não era a rebelde traidora que o Conselho de Tirisfal quisera fazer parecer. À medida que descobria mais sobre as motivações da própria Guardiã, ele começou a simpatizar com seu sofrimento. Nielas também sentiu que Aegwynn estava lutando com uma escuridão invisível em sua alma. Mas, apesar de todo o seu brilhantismo, ele nunca saberia que essa escuridão era na verdade a presença remanescente de Sargeras. Esperando ajudar Aegwynn a superar sua luta, Nielas depôs suas armas e abandonou a caçada.

Em pouco tempo, um amor inesperado brotou entre os dois antigos inimigos. Eles concordaram em trabalhar juntos para impedir o Conselho de Tirisfal de ter novamente o controle sobre outro Guardião. Sabendo que não poderia manter o posto de Guardiã para sempre, Aegwynn sugeriu uma solução a Nielas. Eles teriam um filho capaz de herdar os poderes *tirisfalen* de Aegwynn. Só então poderia surgir um novo Guardião livre da manipulação do Conselho de Tirisfal.

Nielas concordou prontamente, considerando esse plano como um ato de redenção para Aegwynn. Se ela não conseguisse expurgar a escuridão de si mesma, talvez pudesse criar um herdeiro que estaria livre de seus próprios fardos pessoais.

Tempos depois, Aegwynn deu à luz um filho. Ela o chamou de Medivh, ou "Guardião dos Segredos" na língua dos elfos superiores. A criança tinha uma inacreditável afinidade com magia, um dom natural herdado dos pais. Aegwynn também trancou seus poderes no espírito do menino, onde repousariam até que Medivh chegasse à maturidade.

Havia, porém, algo muito mais soturno em Medivh: o espírito de Sargeras, que espreitava, se agitou na alma da criança. Embora Aegwynn não soubesse disso, o senhor dos demônios se apossara da criança enquanto era formada em seu ventre.

Aegwynn e Nielas fizeram uma ampla busca por um lugar seguro onde Medivh pudesse ser criado. Acabaram escolhendo Ventobravo em função de sua localização isolada e laços fracos com Dalaran e as outras nações do norte. Lá, Nielas se tornou feiticeiro oficial da corte real de Ventobravo.

Tendo garantido um futuro para o filho, Aegwynn deixou Medivh aos cuidados de Nielas. Ele educaria o menino e o ensinaria os segredos das artes arcanas até chegar o momento em que Medivh assumiria o papel de Guardião. A própria Aegwynn partiu de Ventobravo, se aposentando de seus deveres como Guardiã. Os longos séculos haviam tido um custo para ela, que não conseguia suportar mais. Ela desapareceu de vista, mas iria para sempre acompanhar seu amado filho de longe.

O papel de Nielas como feiticeiro oficial da corte significava que o jovem Medivh também era parte da corte real. À medida que o garoto envelhecia, passava muito de seu tempo na companhia de duas outras crianças notáveis: Anduin Lothar, um descendente da linhagem arathi, e Llane Wrynn, o príncipe de Ventobravo. Apesar das molecagens e aventuras, as três crianças eram adoradas pela população do reino.

Medivh apreciava sua amizade com Anduin e Llane, pois as atividades deles eram com frequência um descanso das aulas intensivas de Nielas. Embora Medivh se superasse nas artes arcanas, seu pai raramente o elogiava. Ele era um mentor frio e sério, sempre estimulando o filho a conseguir mais. Nielas acabou revelando por que colocava um fardo tão grande nos ombros de Medivh. Contou ao filho sobre o Conselho de Tirisfal, a linhagem dos Guardiões e a própria ascendência secreta de Medivh. Nielas alegou que um dia o garoto assumiria o papel de Guardião. O destino do mundo inteiro estaria então sobre os seus ombros.

A pressão de seu destino e seus estudos exaustivos atormentavam os pensamentos de Medivh. A ansiedade crescente levou a consequências desastrosas quando o garoto finalmente chegou à maioridade. Na véspera de seu aniversário de 14 anos, o estresse que crescia dentro de Medivh acendeu seus poderes adormecidos de Guardião. Sonhos febris tomaram o jovem enquanto as energias *tirisfalen* uivavam pedindo para ser libertadas.

Nielas lutou desesperadamente para ajudar o filho, mas os incríveis poderes dentro de Medivh se projetaram, matando o pai. A seguir, o garoto mergulhou em um coma profundo. Durante muitos anos, ele permaneceu inconsciente na abadia Northshire de Ventobravo, cuidado pelos anciãos e visitado por seus amigos fiéis Anduin e Llane.

Quando Medivh finalmente acordou, descobriu que o mundo ao redor mudara. Llane estava prestes a suceder o pai, Barathen, como rei de Ventobravo. Anduin Lothar se tornara cavaleiro nas forças armadas do reino. Enquanto se acostumava paulatinamente à sua nova vida, Medivh reconheceu o poder assombroso que tinha nas mãos, e decidiu usá-lo para proteger o mundo do mal. A despeito de seu estranho coma, ele parecia normal, e garantiu aos clérigos que não havia nada de errado.

Medivh não tinha consciência de que Sargeras ainda se escondia dentro de sua alma, sutilmente distorcendo todos os seus pensamentos e suas ações com um objetivo muito mais sinistro. O titã caído finalmente encontrara o instrumento perfeito com o qual lançar a próxima invasão da Legião a Azeroth.

CONTINUA...

A TORRE DE KARAZHAN, FUTURO LAR DO GUARDIÃO MEDIVH

ÍNDICE

1ª edição Abril de 2016
papel de miolo Couchê fosco115 g/m²
tipografia Sentinel e Trajan Pro
gráfica EGB